ぷちぱら文庫
翼ヒロヲ
すめらぎ琥珀
DWARFSOFT
JN105317
イクイク
サキュ
教育
～落第淫魔の交姦留学日誌～

イコ・バイコーン
武闘派として知られるバイコーン家の出で、ヤンキー風の黒サキュバス。内面では純愛願望を抱いているが、サキュバス界では変態行為のため、過剰に否定している。

リマ・グリマルキン
見た目に反し数百年を経た大人のサキュバス。地位の低い猫系のグリマルキン家出身だが、実力で「物質界との交換留学事業の監督官」に出世した。密かに野心を抱く。

ルク・オルクス

サキュバス界最大の名家、オルクス家のお嬢様。甘やかされて育ったため色気より食い気に走り、色白で豊満な肉感体型。天然でおバカだが悪気はなく憎めない性格。

毒島《ぶすじま》 胤久《たねひさ》

私立学園の教師を務める独身中年。言動、行動ともに思ったことが表に出すぎるため、トラブルは多いが教師としては有能。何度か交際歴はあるがいつも初Hで逃げられるため素人童貞。

目次

序章　夢の中の淫魔

「はぁ……はぁ……はぁ……はぁ……♥」

喘ぎ声が、聞こえる。

甘たるく悩ましい、若い女の声だ。いささか若すぎるかもしれない。

あどけなさと艶《なま》めかしさが同居する、男の本能を刺激させずにはおかない声だ。そんな声が前方斜め下から聞こえてくる。

ここは……。

ここは、どこなんだ……?

ここはどこで、んでもって俺がチンポを突っ込んでるこいつは誰なんだ……?

そう、俺はペニスを挿入してセックスをしている。そして柔肉に包まれた男根を前後させるたびに、相手の女が実に気持ちよさそうな喘ぎを上げているのだ。

「あぅ、うふぅぅン……ンぐ……うっ、うぁっ、あっ、あぁンン……♥」

だが詳しいことは分からない。今はいつで、ここはどこで、相手が誰なのかまるで見当がつかない。

そんな中、俺は必死になって腰を動かしてセックスを続けていた。

俺はセックスが好きだ。何よりも好きだ。

しかし――いや、だからこそと言うべきか、この状況はいただけない。はなはだ不本意である。

なぜって女の姿も、声も、尻と腰とがぶつかる感覚も、何もかもが頼りなく不明瞭なのだ。

暗くて何も見えないというわけじゃない。いや、暗いことは暗いのだが、視界がゼロというわけではない。しかし目に映る光景自体が曖昧で不明瞭なのだ。

まるで夢の中でセックスしているかのような……。

って、ああそうか。これは夢か。夢なのか。

しかし夢にしたってこいつはあんまりだ。いつどこでどんな相手とどういう理由でセックスしてるのか、まるで分からないのだから。

ただ単にセックスをさせられてるだけといった状況だ。

訳の分からないまま、しかしチンポの内部にザーメンが溜まっていき、行き場を求めて圧力が高まっていくのだけを感じる。

「あぁッ、あああぁッ！　あッ、あッ、あッ、あああッ！　あくッ、うぐ、うくぅうううッ！」

相手の声が切羽詰まった響きを帯び、ヌメヌメとした蜜壺に包み込まれている肉棒も膨張している。セックスはクライマックスに近付いてる。

しかしその際に得られるはずの快楽の数分の一しか、俺には与えられていない。

「あッあッあッあッあああッ！　ああアアーッ！　あああアアアーッ！」

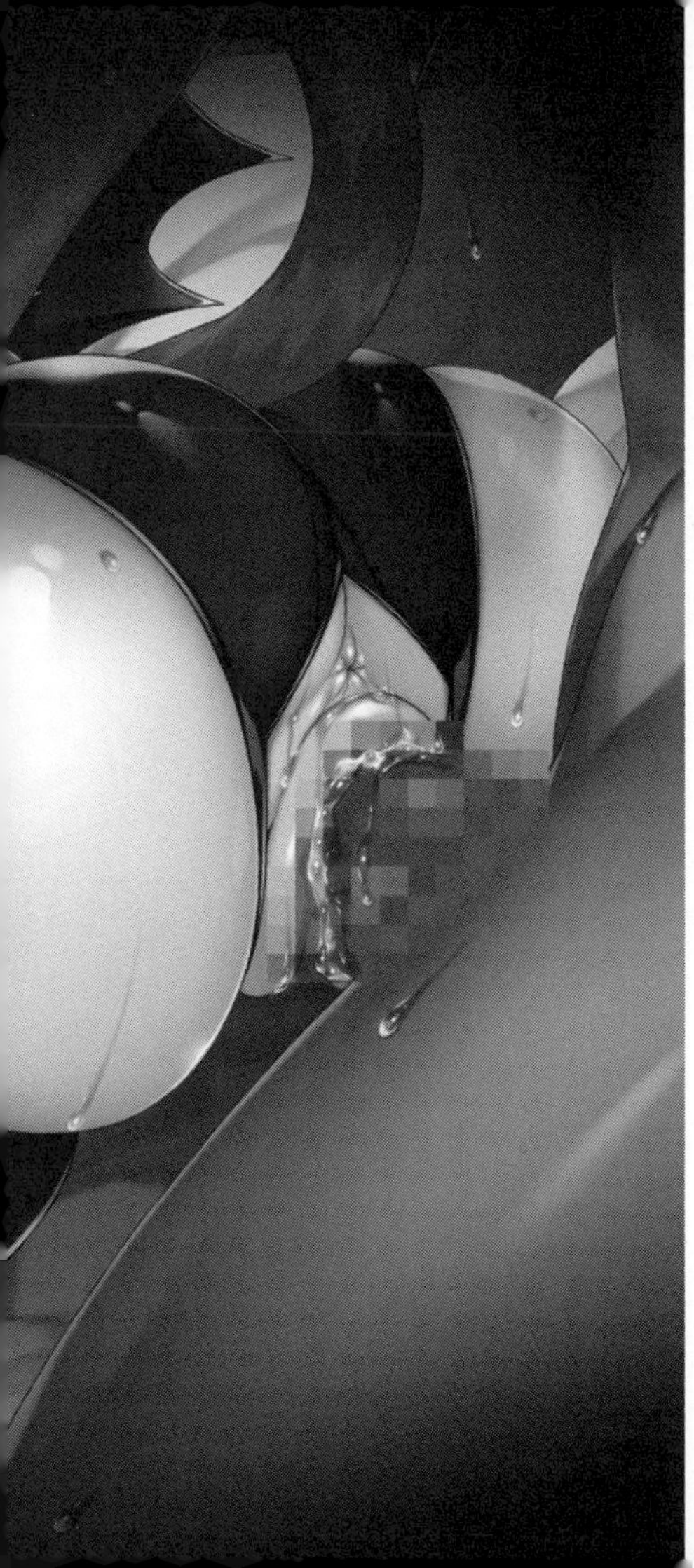

女が快楽の叫びを上げる。

そして――。

「うぐぅううッ！」

俺、毒島胤久《ぶすじまたねひさ》は呻き声を上げながら相手の中に欲望を解放した。

いや、そうじゃない。もしこれが夢だというなら俺は中出しなんてしていない。

俺がザーメンを出してしまったのは……。


「――はっ！」

やや湿っぽい万年床の中で俺は目を覚ます。

場所は俺の住処《すみか》であるところの安アパートの一室、時刻はいつも起床する時間の数分前である。

「ってことは、やっぱあれは夢だったわけか」

薄い布団の上で上体を起こしながら、俺は溜息混じりに呟く。

「いやまあ、そのこと自体はべつにいいんだが――」

パンツの中が、次第に冷えつつあるベットリとした粘液に濡れている。

「ああクソっ、夢精しちまった。これじゃヤリたい盛りのガキじゃねえか」

狭い部屋の中で、俺は独り言を続ける。これは一人暮らしが長かったせいで身についたクセだ。

「はぁ～、一回ぶん射精をムダにしちまった。こんなことなら寝る前に余計に抜いとくんだったぜ。マジでもったいねえ」

ぶつくさと毒づきながらパンツごと着替え、そのまま出勤の準備に移る。

「遅刻したらまた学園長にイヤミを言われちまうからな。夢精で汚れたパンツの始末をしてたら遅れましたとか、シャレになんねえ」

カバンを用意しながら、俺は学園長の呼び出しを受けていたことを思い出す。

「大事な話があるから引継が終わったら学園長室に来いとか――どうせ例の件でまた説教をかますつもりなんだろうな、クソッ」

学園長とは徹底的に馬が合わないが、しかし上司である以上は無視するわけにもいかない。今の職場を追い出されたら後がないのだ。

「あーまったく、美人でパイオツがでっかくてセックス好きの女が俺を養ってくれねえかなぁ～」

しかしそんな都合のいい女がいきなり現れて俺をヒモにしてくれる兆候はまるでない。

ただ、これまで彼女ができなかったってわけじゃない。俺だってそれなりの努力をしてきた。

しかしどういうわけか、初セックスに漕ぎつけかけたところで女は必ず俺から逃げてしまうのだ。

「ムードがないだのがっつき過ぎだの体だけが目当てに見えるだの……当たり前じゃねえか。男と女が付き合ってそれ以外に何するってんだよ」

遊びに連れていき、飯をおごり、くだらない愚痴を延々と聞く――そんなことを我慢できるのは全てセックスのためだ。ヤらせてくれると思ってるから耐えているのだ。しかし女たちは俺のそういう考えを態度で察知するらしい。そして、いざこれからというときに体を許すことを拒否するのである。

「服を脱がす直前までセックスのことなんか考えもしなかったような顔をしろってのか？　頭がおかしいとしか思えねえわ」

だが俺の考えは異端らしい。たとえセックスが目的でも、そいつをうまいこと隠さないと女と付き合うことさえできない。それが世間の常識のようなのである。

おかげで俺は未だに素人童貞のままだ。

「こんな世の中じゃいつまでたったって少子化が進むばっかだぞ。ったく、どいつもこいつもアホじゃねーのか？」

教師らしく社会の行く末を案じながら、すり下ろした山芋と刻んだオクラ、そしてしつこいくらいに混ぜた納豆をどんぶり飯にぶっかけて掻き込む。美味い。

「さーて、それじゃあ仕事に行くとするか！」

第一章　猫耳サキュバス搾精試験

俺こと毒島胤久は、私立誠寛学園《しりつせいかんがくえん》の教師である。

年は三十九歳。自分で言うのも何だが、体力には自信がある。学生時代はそこそこイイ体をしていたのだが、今は鍛えた筋肉の上にだいぶ脂肪がついている。昭和のプロレスラーのような体型だ。

顔のほうも、けして美男子ではない。風俗嬢なんかは「ワイルドでカッコイイ」とか言ってくれるが、それがお世辞であることは重々承知している。要するにゴツくて野卑だということだろう。

とはいえ俺はべつに自らを卑下したりはしない。教師生活はまあまあ充実しているし、有り余る精力はその手のお店でキチンと処理している。独り身の寂しさなどは苦にならないし、体のほうは健康そのものだ。これで文句を言ったらバチが当たるだろう。

だが、ここ数日の俺は少しばかりピンチだった。

俺の性格や言動が招いた危機だ。他人のせいにするわけにはいかない。しかし俺は自分を責めるつもりもない。つまり誰が悪いわけでもない。

しかし厄介ごとに巻き込まれていることは確かだ。そのせいで俺は、出勤してからずっと、教室にも行かず職員室で作業を続けていた。学年末でもないのに仕事の引き継ぎ事務をしていたのだ。

「って、もうこんな時間か」

そろそろ学園長が指定してきた時間だ。すでに仕事の引き継ぎのほうは一段落している。気が重いが仕方がない。俺は覚悟を決めて学園長室へと向かった。

「――毒島先生、私が何の話をするために呼んだのかは、見当がついてますね？」

「はあ」

高そうな椅子に座った学園長に対し、俺は立ったまま気のない返事をする。だって気分が乗らないのだから仕方がない。

「はあじゃないですよ。あの動画の件です」

「それは私が副担任を外れることで済んだんだと思ってたんですけどねえ」

「あれはあくまで仮の処分です。それに例の動画、ここ数日でまただいぶ拡散してるようですね」

苦虫を噛み潰したような表情を学園長が浮かべる。

「私が拡散させたわけじゃないんすけどねえ」

「何を他人事のように言ってるんです！　あのセクハラ動画のせいで学園の信用がどれだけ損なわれたのか分かってるんですか！」

学園長が大声を上げるが、顔も体付きも貧相なのでまるで迫力がない。

「セクハラ動画だなんて大袈裟な。べつに私、嫌がる女生徒の尻を触ったり乳を揉んだりとかしてませんよ。可愛い生徒たちが部活を頑張る姿を遠くから見守ってただけじゃないですか」

「それだけで充分にセクハラなんですよ！　その上、猥褻な言動を何度も繰り返して――」

「いい尻してるとか胸が揺れすぎだろとかいう、アレですか？」

「そうですよ！　分かってるじゃないですか！」

「いやまあ、確かにそういう場面を録画されたのはうかつでした。その上ネットにアップされるとか、ははは、まいったまいった」

「笑い事じゃありません。もう私ではこれ以上かばいようがありませんよ！」

――この件に限らず、学園長が俺をかばったことなど今まで一度もない。こいつの頭の中にあるのは保身だけだ。

そもそも学園長は中央官庁から天下りしてきた元官僚で、年齢的に任期は今年度いっぱいである。平穏に退職して年金を受け取ることしか考えてないのだろう。

「人の噂も七十五日って言うじゃないですか。それにネットの流行《はや》り廃《すた》りは激しいっすからね。すぐにみんな忘れますよ」

「そう思って、しばらく生徒と接触を減らすということで事態を鎮静化しようとしたんですがね、どうもそれでは収まらないようです。これはもう、教科のほうもぜんぶ外れてもらわないと」

「いや、教科ぜんぶって、それじゃ仕事がなくなるんですけど？　つまり、ええっと――クビってことですか？」

さすがの俺も少しばかり焦りを覚え、ヘラヘラした笑いを引っ込める。

「……お任せする仕事なら、あります」

しばらく沈黙していた学園長が、眉をしかめながら再び口を開く。

「なーんだ、あるんじゃないすか。早く言ってくださいよ。事務ですか？　用務ですか？まあこの際だし何でもしますよ、私は。どんな仕事です？」

「ええと、つまり――まあ、短期留学生の教官です」

「短期留学ぅ？　そんな予定ありましたっけ？」

「予定にはありませんでした。急な話です。それにいささか特別というか、特殊な事情がありまして……」

まさに奥歯に物の挟まったような口調で、学園長がもごもごと言葉を続ける。

「国のほうからの要請で舞い込んできた話というか、その……うまく説明することが難しいんですが……」

「なんだか要領を得ないっすねえ。その留学生ってのはどこの国から来るんです？」

「どこの国……ええと……何と言うか、別の世界とでも表現したらいいのか、その……」

「外国なんてのはある意味、どこだって別の世界でしょ。それで、その留学生ってのは日本語できるんすか？」

「いや、その……そういうレベルでなくて、まず何から話したものか――その、まずは私の話を落ち着いて最後まで聞いてほしいんですが……」

「ええい、まどろっこしい！」

ばーんと大きくドアが開くと同時に、聞いたことのない声が学園長室に響く。

その声は一瞬にして部屋の空気を――いや、空間そのものを一変させた。

「な――」

ドアから現れた人影を前にして、俺はぽかんと口を開けてしまう。

それは、異形の少女だった。

異形としか言いようがない。容貌そのものは整っていて、とびきりの美少女と言ってもいいくらいだが、しかしその姿は普通じゃない。

頭から生えた猫のような耳に、小さな角。背中のコウモリじみた翼。そしてクネクネと動く尻尾――どれをとっても悪魔じみている。

加えて言うなら、あどけない容姿に似合わない胸の膨らみも規格外だ。手足が華奢なせいで余計に巨乳に見える。

「な、な、な、何だこいつ⁉」

「こらっ！　失礼な口を利くんじゃない！　その人はだな――」

俺の心からの叫びを聞いた学園長が、椅子から腰を浮かして慌てた声を上げる。

「学園長、もうよい。お主は口を開くな」

「は？」

小悪魔じみた少女に冷たい声で言われ、今度は学園長が驚きの表情を浮かべる。

「分からぬか。話をするだけ無駄だと言っておるのじゃ。時間がもったいない」

時代がかった口調で少女が言う。声は顔に見合ったロリ系だが、言葉遣いも含め、その態度は実に落ち着いている。

「い、いえ、しかし、私はこの学園の責任者でありますので……」

「もうよいと言ったのが聞こえなんだか。後の説明は引き継ぐゆえ、ここから出ていけ」

「その、出ていけと言われましても、私はここにしか居場所が――」

「知ったことではない。トイレにこもってパンでもかじっていればよかろう」

少女は冷たい眼差《まなざ》しを学園長に向けながらつまらなそうに言う。

「いいからこの者と二人きりで話をさせるのじゃ。さあ、早く立ち去れ！」

「わ、分かりました……！」

学園長は、何とも情けない表情を浮かべながら部屋を出ていった。

今やこの部屋には俺とこのイカレた格好の少女だけだ。

「さて、と……ようやく話ができるな」

「あ、いや、その――誰なんだ、お前」

「むっ、お前とは失礼な奴じゃなー」

にこやかな笑みを浮かべていた少女が、口をへの字に曲げる。

「わらわの名はリマ・グリマルキン。サキュバス国教育省の特急高等事務官じゃ！」

「サキュバス国ぅ？　つまりお前、ええと……サキュバスだってのか？」

「うむ、いかにも」

「いかにもって……」

俺は目の前の少女——リマの姿をまじまじと見る。

サキュバスと言えば、マンガやゲームに登場する、男の精液を搾り取る女悪魔のはずだ。

確かにリマの外見はとても人間には見えない。少し猫っぽいところもあるが、そこも含めていかにも淫魔らしい外見だ。

「いや、ええと、しかし……」

俺はしばりリマを見つめた後、彼女がこの部屋に入ってくるときに開いたドアに視線を移す。いや、移そうとする。

しかしドアは消えていた。リマが姿を現したときには間違いなく存在していたはずのドアが、跡形もなく消失していたのである。そもそも俺の記憶が正しければ、そこにはドアなど最初からなかったはずだ。

「な、何なんだ？　何だったんだ、あのドア……」

「わらわの存在よりも性感トンネルのほうが気になるのか？　まったく無粋な奴じゃのー」

「せいかんトンネルぅ？」

「夢幻界と物質界に同時に生じた性感を接続し、次元回廊としたものが性感トンネルじゃ」

リマの説明の中に、今まで耳にしたことのない意味不明な単語が次々と飛び出てくる。

胡散臭《うさんくさ》さはますます深まるばかりだ。

「つまりな、あの学園長が机で居眠りをしとるときに夢を操って夢精させ、その性感を次元回廊の出入り口となる特異点としたわけじゃ。分かるか？」

「分かんねえって……いや、学園長が俺の夢精仲間だってことは分かったけど、それで何が解決したってわけじゃねえ。つまりお前はいったい何者なんだ？」

「だからさっきから言っておるだろうが。サキュバス国の特急高等事務官じゃ。つまりめちゃめちゃ偉い役人じゃ」

リマがいささかうんざりとした表情を浮かべる。

「わらわが機嫌を損ねれば、この国とサキュバス国との外交問題になる。お主もそこら辺はよくわきまえるのじゃぞ」

「何言ってるんだよ。サキュバス国だぁ？　そんなんどこにあるんだよ！　エロマンガ島かエロマンガ盆地にでもあるってのか⁉」

「サキュバス国があるのは夢幻界じゃ。この物質界の人間どもが夢を見ることでしか垣間《かいま》見《み》ることのできない場所……まぁ、要するに異世界じゃな」

「信じられるかそんな与太話！」

「与太ではないぞ。サキュバス国の住人たるわらわが、現にお主の目の前にいるではないか」

リマがその猫のような耳をピコピコと動かし、尻尾や翼を揺らめかせる。その動きはどう見ても血の通った体の一部——つまりは本物の猫耳や尻尾や翼の動きだった。

「いい加減に受け入れよ。夢幻界もサキュバス国も存在する。それどころかサキュバス国は、この国とすでに秘密貿易協定を結んでおるのじゃぞ」

「知らねえよそんなこと」

「国民にそのことを知らしめなんだはお主の国の怠慢じゃ。わらわたちサキュバス国の責任ではない」

「そうかもしれねえけどよ……しかしどういう経緯があったか知らねえが、こっちの政治家だの役人も困ったろうな」

サキュバスと貿易することになったなどと言えば、頭がおかしくなったと思われるのがオチだろう。政府が秘密にしていたのも分かる気がする。

「とにかくお主の国は、急速に進む少子化を解決するために我が国の進んだ技術を頼ることにしたのじゃ。それに対し、我がサキュバス国はこの国の精液エネルギーを優先的に提供するよう求めた。両国は合意し、ウィンウィンの協定が結ばれたというわけじゃ」

「精液エネルギー……また何か胡乱《うろん》なワードが出てきたな」

俺は思わず顔をしかめてしまう。

「いや、サキュバスが精液を欲しがるのは分かるけどよ、それにしたって政府もよくまぁそんな協定を結んだもんだ。要するに悪魔との契約じゃねえか」

「馬鹿にするでないぞ。わらわたちサキュバスは約束は必ず守る。口先ばかりのお主ら人間とは違うのじゃ」

　意外なほど真面目な口調でリマが言う。

「サキュバスはな、お主らの言葉を使うなら精神生命体といったところじゃ。そして精神というものは、言語と密接なつながりを持っておる」

「確かに、心ってのは頭の中に浮かぶ言葉で構成されてるようなもんだもんなぁ」

「なので、ちゃんと言葉にして交わした約束だの協定だのを破るということは、サキュバスにとって自らを傷付けるのにも等しいのじゃ。その代わりサキュバスは、一度交わした契約や誓約を相手に守らせるための特別な力も備えておる。お主もわらわと契約を交わすときは心するのじゃぞ」

「契約ってお前、俺に何をさせるつもりなんだ？」

「さっき学園長が言っていたであろう。サキュバス国からの留学生の教官じゃ」

「サキュバスの留学生だぁ⁉」

「そうじゃ。両国の親善のための交換留学事業の成功は、お主の肩にかかっておる。ちなみにわらわはこの事業の監督官、つまりは責任者じゃ。ゆえに教官でいる間はわらわの指示に従ってもらうぞ」

「ちょ、なに勝手なこと言ってやがる」

「お主は教官を引き受けねば失職するのであろう？　選択の余地はないと思うが？」

「うぐ……」

悔しいが確かにリマの言う通りだ。この歳でいきなり無職になるのは何としてでも避けたい。

「まあ、お主に教官としての素質がないのであれば話は別じゃがの」

「何だって？」

「一時とは言えサキュバス国の前途有望な若者を預けるのじゃ。それなりの力を持った者にでなければこの大役は任せられん」

リマがニヤリと笑みを浮かべる。まさしく小悪魔的な微笑みだ。

「今日ここに現れたのはな、お主の素質をわらわ自らが試験しようと思ったからなのじゃ」

「超偉い役人サマの割にはフットワークが軽いんだな」

俺は減らず口を叩くことで何とか自分を取り戻す。教職を続けるためには、リマに自分を売り込まなくてはならない。

「でもまあ、いくら試験してもらっても構わないぜ。そっちの留学生の学力がどんなだか知らねえが、俺はこう見えてもそこそこ優秀な教師だ。どんな教科だってひと通りは教えることができるし、もちろん保健体育だってバッチリだ」

「わらわが試験するのはそのようなことではない」

「は？」

「分からぬか？　ふふ……まったく、察しの悪い奴じゃのー」

ソファーに座ったままの俺に、リマが覆い被さるように身を寄せてくる。

「お前まさか──」

「そりゃっ！」

リマが慣れた手つきで俺のベルトを外し、パンツごとズボンを下ろしてあっと言う間に下半身を剥き出しにする。

「こら！　勝手に脱がすんじゃねえ！」

「むふふっ、もう勃起しかけておるではないか。わらわの姿を見ただけで高ぶってしまったか？」

「うおおっ？」

リマが俺の体に寄り添い、右手で肉棒を握る。

たったそれだけの刺激で、俺のイチモツは無節操にも力を漲らせてしまった。

「ふ〜む、チンポが素直なのはいいが、少し反応が良過ぎるのぉ〜。まさかもう漏らしてしまうのではあるまいなぁ？」

いたいけな顔に似合わない淫蕩な笑みを浮かべながら、リマがその小さな手で俺のシャフトをキュッ、キュッと握る。甘い電流のような快感がペニスに走り、熱い血液が股間に集中する。

「くっ……誰が漏らしたりするか……ふぅ、ふぅ、ふぅ……」

うっかり暴発してしまわないよう、俺は呼吸を整える。

「おやおや、もうマラが切なそうにビクついてるではないか。これでは試験のほうは望み薄かの～」

左手だけで俺のシャツを器用にはだけさせながら、リマが言う。

「試験だと？」

「うむ、チンポがどれだけ射精を我慢できるかどうかの試験じゃ」

リマが俺のモノを握った手を、上下に動かし始める。

「くぅううううっ……！」

強過ぎず、弱過ぎず、丁度いい力加減で肉幹を扱《しご》かれ、俺は思わず声を上げてしまう。

「なんじゃ、これだけ立派なモノを持っておりながら、もう出しそうになっておるのか？」

一定のリズムで手を動かしつつ、リマが嘲るような口調で言う。

「まったく、大きさと言い、硬さと言い、太さと言い、反りと言い、実に優秀なマラじゃが……これで早漏では宝の持ち腐れじゃの～」

「誰が早漏だ……うぐ、うぐぐっ……これくらいで出すわけねえだろうが……！」

俺は臍の下に気合を入れ、何とか最初の波をやり過ごす。

「だいたい手コキのどこがテストだってんだよ。俺は留学生の教官なんだろ？」

「おやおや、関係ない話をしてマラの快感から気を逸らす作戦じゃな？　お見通しじゃぞ？」

「ぐっ――」

「じゃが乗ってやろう。どのみち話して聞かせなくてはならんことじゃしのう」

リマが話を続けながら俺の肉竿を扱き続ける。その手つきはいささかも雑にはならず、肉棒の中には着実に快感が溜まっていく。

「この留学の狙いはふたつの国の交流などではない。真の目的は、落第サキュバスを再教育することじゃ」

「ら、落第サキュバスぅ？　何だそりゃ？」

「文字通り、サキュバスとしての知識も経験も意識もまるで足らん娘たちのことじゃ」

一度言葉を切ってから、リマが小さく溜息を漏らす。

「実はな、サキュバスの中でも性感トンネルを通ることのできる者は限られておる。物質界にただ来るだけでも、それなりの素質が必要なのじゃ。しかしそれだけの素質を持っておりながら、自前で精液エネルギーを得ることすらしたことのない者がおる」

「ふぅ、ふぅ、つまり処女ってわけか」

「そういうことじゃ。そんな落第娘たちにチンポの良さを教え込み、ザーメンを搾り取る悦びを教授すること。それがお主の使命というわけじゃ」

落第生の処女サキュバスをセックスで再教育する――その行為への期待で、肉棒に新たな活力が流れ込む。

「へへへへへっ、だったら任せとけよ。俺のチンポでその落第サキュバスとやらをヒイヒイ言わせてやる！　イチコロだ！」

「むっふっふ、そううまくいくといいんじゃがの～」

リマがニヤニヤと笑いながら赤黒く膨らんだペニスの先端部分をグリグリと撫で回す。

「おぁあああああああっ！」

「何じゃ何じゃぁ？　これしきのことで音《ね》を上《あ》げおってぇ～」

「う、うぐ、うううううっ……テメエっ、不意を討ってくるなんて卑怯だぞ……！」

「まったく、いかつい顔をしておるクセに可愛い声で喘ぎおって……むふふっ♥　もしかしてお主、まだオッパイの恋しい年頃なのか？」

リマが俺の亀頭を刺激し続けながらクスクスと笑う。

「どれ、それではサービスしてやろうかの――ほれっ」

「うおっ……!?」

俺の腹に触れていたリマの胸の感触が、各段に柔らかさを増す。見ると、小さな体に不釣り合いな巨乳がいつの間にか剥き出しになっている。

「ってお前、いつの間に服を着替えたんだ……？」

「わらわたちサキュバスにとって、服装を変えることなど魔法の初歩の初歩じゃ。そんなことより、お主ら男の大好きなお乳を味わわせてやるぞ。うりうりうりぃ～」

リマが乳房を俺の体に押し付け、こすり付ける。

「へ、へっ、馬鹿にするんじゃねえ。そんなんで俺が興奮すると思ってんのかよ」

「おや、そうか？ こちらのほうはそうでもないようじゃぞ」

「はうっ！」

カウパー液まみれになった手で肉竿をギュッと握られ、俺はまたも仰《の》け反《ぞ》る。

「ほれ、ほれ、ほれっ、う～んと気持ち良くしてやるからのう……むふふふふふっ♥」

最初にしていたときよりも強い力で、リマが俺の肉棒を扱く。

尿道口からドプドプと透明な粘液が漏れ溢れ、細かく泡立ちながらリマの手と俺のモノを汚していく。

「むふ、むふふふっ、むふぅン……しかし本当に立派なマラじゃのう……これだけのモノはなかなかないぞ……」

「くっ……お前、俺のイチモツに興奮してんのか？」

「当然じゃろう？ これだけのモノを扱いておるのじゃ。高ぶらないわけないではないか……ふぅ、ふぅ、ふぅ……」

リマが微妙に腰をもじつかせ、その尻尾が誘うようにフリフリと揺れる。

「うぐ、グビッ……そ、そういうことなら俺だって――」

「ニャはははははは！　何じゃ、本気にしたか？　本当にウブじゃの～！」

リマがギューッと強い力で俺の竿を握りしめる。

「ぐッ――て、テメエッ！」

「生唾まで飲み込みおって、どこまで期待したんじゃ？　しかしお生憎様じゃ。このリマ・グリマルキン、お主の試験中に試験を忘れるほどチョロくはないぞ？」

「うぐぐぐぐ……」

「しかし心配じゃのー。ちょっと甘い声で囁いただけでその気になるとは。そんなことで落第生とはいえサキュバスを相手にすることができるのかの～？」

リマが再び絶妙な力加減で俺のモノを握り直し、改めてシコシコと扱きだす。

「はぁあ？　べつにその気になんかなってねえよ！　発情したサキュバスにチンポを恵んでやろうと思っただけだってえの！」

「そんなに怒るな……むふっ、むふふふっ。お詫びに気持ち良くしてやるから」

「お前の詫びなんて要らねえっつうの――おっ、おおおっ⁉」

リマが俺の乳首に口を寄せ、ネロネロと舌を這わせ始める。

「ねる、ねるる、ねちゅ、ねちょ、ぬぶちゅっ……むふふ、どうじゃ？　気持ちいいじゃろう？」

「うぐっ……そんなわけあるか……たかがこんなことで……」

「おや、そうか？　だったらもう少し本気でやってやらんとのう……レロレロレロレロレロレロレロ、ねりゅりゅりゅりゅりゅ、ねちゅちゅ、ぬちゅ、ねべろぉ～っ」

リマの小さな舌が縦横に動き、文字通り俺の乳首を舐め回す。

「ねちゅ、ねちゅちゅ、べろろろっ……どうじゃ？　まだ感じてないと言うつもりか？」

「当たり前だ……はぁはぁ、こんなんで感じるわけねえだろうが！」

「ふむ、その割にお主の乳首はピンピンになってるようじゃがのう……ねろッ、ねろッ、

ねろッ、ねろッ、ねろろろ、ねぶぶぶぶぶッ」

唾液をたっぷりと乗せたややざらついた舌が、俺の乳首を執拗に舐める。

これまで意識してこなかった部位に性感が集中し、体全体がゾクゾクとおののく。

「ねぶぶ、ぬちゅッ、ぬぶ、ねぶッ、ンべろッ……！　どうじゃどうじゃ？　わらわの舌技はなかなかのものであろう？　嬉し涙を流しながらたっぷり堪能するがよいぞ」

舌全体で乳首に唾液を塗られ、舌先で乳首をほじくり返され、かと思うと乳首の周辺を意地悪く舐め回されて焦らされる。

その間も休むことなく肉棒を扱かれ、切迫した快感に誘われて股間の奥から精液が迫《せ》り上《あ》がっていく。

「むふふッ、むふうぅン、マラのほうも辛抱たまらん様子じゃなぁ。わらわの手の中でヒクンヒクン震えて……そろそろビュビュッと出したくなってきたのではないか？」

「そんなわけあるか……ふぅ、ふぅふぅ、退屈過ぎてアクビが出ちまうぜ……！」

「なーにがアクビじゃ。そこまで強がりを言うようなら——こうじゃ！」

「うはあぁぁっ！」

「ンむッ、ぬぶぶぶぶッ、ちゅぶちゅッ、ンじゅじゅうううぅぅぅ～ッ！」

亀頭をグリグリと捏《こ》ね繰《く》り回《まわ》されると同時に乳首を吸引され、視界に火花が散る。

「ちゅばッ！　ちゅばッ！　ちゅばッ！　どうじゃ、どうじゃっ！　じゅぶぶ、じゅばばばッ！　これでもまだ強がりが言えるのかっ!?」

「何が強がりだ……あぐ、うぐぐっ！　こんなの全然——おっ、おおおっ、おほおおおっ！」

「ニャッははははは！　まるでオットセイのように無様に鳴きおってっ！　ちゅぶッ、むちゅちゅちゅちゅちゅちゅ、ンちゅちゅ、ちゅぶばッ！」

　大量のザーメンが尿道にまで押し寄せ、暴力的なまでに圧力を高める。

「このままわらわの手の中に情けなーくザーメンを漏らすがよいぞっ！　ねちゅちゅちゅちゅ、むちゅちゅ、ちゅぶ、ちゅぶぶ、ンぶ、ぶちゅちゅううううッ！」

　痛いくらいの乳首へのバキュームが呼び水となり、チンポの中の精液が限界まで圧力を高める。

「おッ、おあッ、おああああッ！　出るッ！　出るうううッ！」

　いよいよ追い詰められた俺は、無様に叫び声を上げてしまう。

「むふふふッ♥　いいぞっ、出せ、出せっ！　わらわの手コキに負けて無様にザーメンを撒き散らせっ！　ねりゅりゅりゅりゅ、ンぶちゅぶぶうううッ！　金玉の中で一生懸命に作ったくっさいくっさい子種汁を無駄撃ちするのじゃっ！　ンぢゅ！　ぢゅぢゅぢゅぢゅ！　ぢゅりゅりゅ！　ぢゅずずずずずずうッ！」

「ぐはあああっ！」

　びゅるるるるるるッ！　ぶびゅびゅびゅびゅ！　どびゅッ！　どびゅびゅッ！

「おおっ、ようやく出したなっ♥　むふふっ、すごい勢いじゃ！　いいぞっ！」

リマの小さな手の中でペニスが繰り返し激しく跳ねながら精液を放つ。

「ほれっ、ほれほれっ、もうイッってるチンポをコキコキしてやるぞ！　じゃからもっと出せっ！」

射精を続けている肉棒をさらに扱かれ、ザーメンがいっそう勢いよく迸る。

「うぐ、やめろっ……！　もうこれ以上は――うあああああっ！」

「何がやめろじゃ。まだまだ出しきっておらんのじゃろう？　遠慮なくビュービューするがよい！　ほれ頑張れ、チンポ頑張れっ♥」

「あぐっ、うぐぐぐっ、ううぅっ……うあああああッ！　はぁッ、はぁッ、はぁッ、はぁッ……！」

長々と続いた射精がようやく終わり、俺は荒い息をつく。

「ふう、ふう、ふう……むふふふふ、どうじゃ？　まるで天国に昇るような気持ちだったじゃろう？　正直に言ってみい」

「クソッ……な、何が天国だ……ハァ、ハァ……ううぅっ、畜生っ……！」

あまりに激し過ぎた射精の余韻で体をうまく動かすことができない。憎まれ口を叩くだけで精いっぱいだ。

「あれだけ気持ち良くしてやったのに何じゃその態度は。そんな恩知らずな根性は叩き直さんといかんな！」

「うぎゃっ！」

射精直後で敏感になってるペニスを、リマが遠慮のない力で絞り上げる。

「うううう……な、何てことしやがるっ……」

俺は尿道の中の残り汁をだらしなく漏らしつつ、ソファーからずるずると滑り落ちてしまう。

「何をへばっとるんじゃ。だらしない奴じゃのー」

「うぐ……だ、誰のせいだと思ってやがる、このクソアマっ……！」

床にのびた状態で、リマを見上げながら毒づく。

「クソアマとはご挨拶じゃの～。それだけ元気があるなら、次は連射性能を試してやろうではないか」

リマがさっきまで俺が腰かけていたソファーに改めて座り直し、そして両足を俺の股間に伸ばす。

「あ、コラっ、何しやがる！」

「むふふふっ♥お主の生意気チンポにはわらわの足で充分じゃ」

いつの間にか剥き出しになっていたリマの両足が、俺のイチモツを左右から挟む。

力の強さが絶妙なせいで痛みは感じない。それどころか、心地よい圧力によってますますペニスに力が漲ってしまう。

「おうおう、ふてぶてしく反り返りおって。相変わらずなりだけは立派じゃのう。じゃが、惜しいことに汚い汁でベタベタじゃ」

「お前がさんざん搾り出したからだろうが！　うぐ、クソッ！」

俺は何とか立ち上がり、ともかくこの屈辱的な状態から逃れようとする。

「むふふっ、無駄じゃ無駄じゃ」

リマが無造作に足を動かし、摩擦を始める。

「はううううっ……！」

左右の足の裏でコスコスと肉竿を扱かれただけで、情けないことに全身から力が抜けてしまう。

「お主ごときがわらわの足技から逃れられると思ったか？　そのままおとなしくしておれ」

「黙れ、クソッ……！　うぐぐぐ……な、何だ？　体が全然動かねえぞっ！」

全身が甘く痺れ、上体を起こすどころかリマの足を手で振り払うことすらできない。まるで金縛りにでもあったようだ。

「ニャはははは、マラを踏みつけにされてるだけなのに手も足も出んか。本当に可愛い奴じゃのー」

「うるせえっ、こん畜生っ……何なんだこりゃ？　催眠術でもかけられてるのか？」

「まあ、種を明かせばそんなところじゃ。さっきお主が出したザーメンから精液エネルギーを補給することができたのでな。それを魔力に変換して、お主の体を少しだけ痺れさせておるのじゃ」

「こんの卑怯モンがっ……！　はぁ、はぁ、ったく、そんなことしなきゃチンポひとつ自由にできねえのかよ！　サキュバスも大したことねえな！」

「フン、悔しかったら抵抗してみい。お主の気合がわらわの魔力に打ち勝てば、動くことができるはずじゃぞ？」

「うぐうううっ……！　あ、コラ、やめろっ……！」

　リマが人を小馬鹿にするような笑みを浮かべたまま、片方の足を俺の亀頭に押し当ててグリグリと刺激する。

やはり痛みはない。むしろたまらない快感が亀頭をジンジンと熱くさせる。そのことがかえって腹立たしい。

「むふっ、むふふっ♥　もう新しい汁が溢れておるぞ。こんなことをされて感じてしまうとは、本当に情けないやつじゃのー」

「うるせえ、このっ……うっ、うぐっ、うあっ、あぐぐぐぐ……」

「悔しいか？　むふっ、しかしマラのほうは嬉し涙に濡れておるぞ？　それにこんなにビンビンになって……さっきよりも元気が良いのではないか？　手コキよりも足で踏まれるほうが好みだったのかのう」

「んなわけあるかっ！　テメエを犯したくてしょうがないからこうなってるんだよ！」

「なるほどなるほど、確かにこのイキり方は、マンコに入りたくてしょうがないという感じじゃの～」

リマが実に淫蕩な笑みを口元に浮かべる。

「しかもこんなに凶悪に膨れ上がって――こいつで犯されたら大変なことになりそうじゃ。いくらわらわでも正気を保っていられるか分からんな……むふふふっ♥」

足裏を粘液まみれにさせながら、リマがねちっこく俺のモノを足で愛撫し続ける。

もちろん足による刺激は手コキほど巧みではない。しかしそのもどかしさがかえって俺のイチモツをイラつかせ、痛いくらいに強張らせる。

「おっ、おおおっ、チンポをビクンビクン跳ねさせおって……ふぅ、ふぅふぅ、そんなにわらわを犯したいのか？　わらわのマンコ穴に突っ込んで、思いっきり掻き回したいのか？」

リマのコスチュームの股間部分がぱくりと割れて、ピンク色のクレヴァスがいたいけな外観を晒す。

もともとそういう構造なのか、胸のときと同様に魔法か何かでコスチュームの形を変えたのか——しかし、そんなことを深く考える余裕は今の俺にはない。

「んん〜？　何じゃお主、そんな血走った目をして……マンコがそんなに珍しいのか？　まさか見たことがないわけではあるまいに」

リマがニヤニヤと笑いながら、逆V字型に広げた指で肉の割れ目をパクパクと開閉させる。

そのたびにピンク色の粘膜が見え隠れし、ヌラヌラと淫靡《いんび》に光を反射させる。

「クソッ、グチョ濡れじゃねえか！　このスケベアマが！」

自分のイチモツがますます硬く強張っていくのを感じながら、俺は声を上げる。

「にひひひひっ、こんなデカマラを前にして濡らさぬ女がいるわけないじゃろうが……じゅるるるるっ♥」

リマが露骨に舌なめずりをし、そして自らの秘裂に指を這わせ始める。

いたいけな少女の姿をした淫魔がこちらのチンポをオカズにオナニーをしている——

頭がおかしくなりそうなほどに卑猥で非現実的な光景だ。

「むふふっ、本当に美味そうなマラじゃ……こいつをマンコ壺に迎え入れたらどんな感じなのかのう……はぁ、はぁ、はぁ♥」

肉の割れ目を上下になぞるリマの指が、次第にスピードを上げていく。

「ふぅ、ふぅ、ふぅ、ふぅ……ンん、ンんんっ……いかん……わらわのマンコ、思った以上にヌルヌルになっとる……ふぅふぅ、試験のことなぞ忘れて、お主としっぽり楽しみたくなるのう♥」

リマの指先が大量の愛液に濡れ、ヌチヌチという卑猥な音が響く。

「お主のチンポもさっき以上にギンギンじゃのう。わらわとセックスしたくてたまらないんじゃゃな？　そうなんじゃろう？」

「うううううッ！」

リマが足裏で亀頭を捏ね繰るのをやめ、両足を使って本格的にシャフトを扱き始める。

肉棒を雑に扱われる屈辱が、煮えたぎるように熱い興奮へと変換されてしまう。

「おやおや、お主の漏らした先汁だけでもうヌルヌルじゃ。もしかしてこのままわらわの足マンコで無様に射精してしまうのか？　むふっ、むふふふっ♥　わらわのマンコ壺に子種汁を注ぎ込むのは諦めたか？」

まるで生まれてから一度も歩いたことのないような柔らかな足裏が俺の肉棒を容赦なく

こすり上げ、着実に追い詰めていく。

「うぐ、誰が諦めるかっ……！　絶対にお前を犯してやる！」

「おお、怖い怖い……ふぅ、ふぅ、ふぅ、そんな目で見られたら、ますます高ぶってしまうではないか。ンふ、ンふううぅン♥」

リマが足の動きをますます速くしながら自らのクリトリスをグニグニと指で揉み潰す。

「あぁ～、早く射精させせんと犯されてしまううぅっ♥　ふぅふぅ、この凶悪チンポでマンコを好きなようにズコズコされてしまうぅ～っ♥」

股間を刺激するだけでは足りないとばかりに、リマが自らの乳首をいじりだす。

「うぐぐぐぐ……ひ、人をオナネタに使いやがってっ……！　今すぐ思い知らせてやるっ！　ブチ犯してやるからなっ！」

「おおおっ、ほ、本気じゃな？　本気でわらわをチンポで屈服させるつもりなんじゃなっ！　はぁ、はぁはぁ、良いぞおっ……その心意気、実に良いぞおっ……！」

肉棒の先端から、透明な汁がピュッ、ピュッと溢れ出る。

まるで小規模な射精のように迸るカウパー液を、リマが足で俺のモノに塗り込めていく。

「むふふふふ、わらわのマンコ穴は名器じゃぞぉ～♥　ふぅ、ふぅふぅ、ほーれ、見ての通り小さくってキツキツじゃが、お主のデカマラだって根元までちゃーんと飲み込んでやれるぞ？　もしここを犯したなら、熱々のマンコ肉でチンポ全体をギュッギュッギューッとしてやるからな？」

リマが自ら口にした擬音に合わせ、いきり立った肉棒を足で二度、三度ときつく絞り上げる。

「ぐあああぁっ……や、やめろっ！」

「なーんじゃ、あれだけ威勢のいいことを言っておいて、お主のほうがわらわの足に負けそうになっとるのか？　やっぱりお主はわらわの足マンコだけで充分のようじゃな。にひひひひっ♥」

「クソっ、言いたい放題言いやがって――うあああぁっ！」

グリリリリッと亀頭を左右から圧迫され、新たな先汁が尿道口から溢れる。

「いいんじゃぞ～♥　そのまま情けな～くピュッピュしてもいいんじゃぞ～♥　ンふふっ、むふふふっ♥　上手にザーメンをピュッピュできたら、ちゃ～んと褒めてやるぞぉ～♥　ほれっ、ほれほれ、ほれ～っ♥」

「ぐぐぐぐぐぐっ……！」

「にひひひ、チンポのいちばん感じるところを指でカキカキしてやるぞ～♥　ふうっ、ふうふうっ、むふっ、むっふふふっ♥」

リマの足指が俺の裏筋やカリのくびれを巧みに刺激してくる。

「ここじゃろ？　ここが感じるんじゃろ？　にひひひ、わらわにはお見通しじゃぞっ

……そら、そら、そら、そらっ♥　足の指だけでチンポを降参させてやるぞぉ～♥」

足の指先でペニスの敏感な個所を執拗に掻きながら、リマがオナニーする手を激しくしていく。右手の指が膣穴を大胆にほじくり、左手の指がピンク色の乳首をクリクリと捻る。

自分を足コキでいたぶりながら快楽を貪るメスガキの姿に、頭がおかしくなりそうなほどの怒りを覚え、それが灼け付くような高ぶりへと変わっていく。

「残念じゃの～、無念じゃの～、目の前にある極上マンコを味わうことができんとは……むふふふふふっ♥」

俺のイチモツを追い詰めながら、リマが嘲笑を漏らす。

「じゃが安心するといい。お主のデカマラは、わらわがきちっと天国へ連れて行ってやる。じゃから安心して、わらわに深ぁ～く感謝しながらザーメンを撒き散らすんじゃぞ？　ニャははははッ♥」

「はァ、はァ、はァ、だ、誰が感謝なんかするか、このバケネコ女が！　俺のチンポでぜってえにイキ狂わせてやるからな！」

「ンふふふっ、口の減らぬ奴じゃの～。それではグリマルキン族の奥義を見せてやろう」

「ケッ、何が奥義だってんだ――うわ、うわわわわっ！」

「ニャははははッ！　どうじゃ！　これでもわらわを罵っていられるか⁉」

リマの尻尾が信じられないほどに長く伸び、その先端がサワサワと俺の亀頭部分をくすぐる。

手や足でもたらされるそれとは別次元と言っていいほどの繊細な刺激に、肉棒がさらにひと回り膨張する。

「うわあぁぁぁッ！　やめろッ！　やめろぉ～ッ！　あッ、あッ、あッ、あああぁぁぁ～ッ！」

「ぷふッ、ニャははははッ、まるで釣り上げた魚のようにマラがビクついておるぞっ！　このまま思い切りイかせてやるっ！　うりうりうりうりっ♥」

「うぐぐぐッ、ふぐぅうううぅぅぅ～ッ！　うッ、うううッ、うぎぎッ、うひぃいいいぃぃい～ッ！」

俺は身も世もないような声を上げながら射精をこらえる。

「ニャはははは！　何と情けない泣き声じゃ！　あッ、あああッ、そそるっ、そそるぞっ！　人間が必死になって射精をこらえる姿は最高じゃ！」

リマが汗と愛液の雫を飛び散らせながら自らの肉穴をグチュグチュと指で掻き回す。

「はァ、はァはァ、あぐぐぐッ♥　わ、わらわとしたことがもうイキそうじゃっ！　くうううッ、気をやってしまいそうじゃっ！」

声を上ずらせながら、リマがクライマックスへと向かっていく。

「ンひ、ンひひッ、それではお主の情けな～いイキっぷりをオカズに、わらわも果てさせてもらうぞっ！　ンふ、ンふッ、むふ、むふ、むふうぅン♥」

「ふざけやがってぇぇぇ……ッ！　うぁあああッ！　出るっ！　出る出るっ！　うああああッ！」

びゅるッ！　びゅるるるるるッ！　どぶびゅびゅうううううううぅぅぅぅぅぅッ！

限界を迎えたペニスから、まるで噴水のような勢いでザーメンが迸る。

「おおおッ、す、すごいぞっ！　見事な出しっぷりじゃっ！」

上ずった声を上げながらリマが自らの膣穴深くに指を突き入れる。

「あああッ、こ、この匂いっ……！　あッ、あッ、あッ、あッ！　い、イクッ、イッてしまうッ！　うううッ、匂いだけで気をやってしまううううッ！　あああァァアーッ、イクうううぅぅぅーッ！」

リマの股間から迸った透明なしぶきが、射精を続ける俺のイチモツに降りかかる。

「うおおッ、おほォおおおおッ……♥　何というイキっぷりじゃ……はァ、はァはァ、思わずもらいアクメしてしまったわっ……あううッ、イクうぅぅッ……♥」

しつこくアクメを貪りながら、リマが全身を痙攣させ、そのたびにイキ潮がプシッ、プシッと迸る。

「ハァ、ハァ、ハァ、ハァ、ハァ……！」

俺は床に四肢を投げ出したまま、荒い呼吸を繰り返す。

次第に視界が暗くなっていき、頭がぼおっとする。ザーメンの出し過ぎで脱水症状にでもなってしまったかのようだ。

「むふふふふ……合格じゃ……♥　お主のマラなら、立派にサキュバスの教官を務めることができるぞ……♥」

リマの満足そうな声が、ひどく遠くから聞こえる。

「ハァ……ハァ……ハァ……ハァ……」

疲れた。だるい。眠い。精も根も尽き果てた。まるで体中の筋肉が綿にでも入れ替えられたような気分である。

俺は睡魔に抗うことができずに目蓋《まぶた》を閉じ、全身をグッタリと弛緩させた。

第二章　褐色サキュバス処女喪失

「はあぁぁぁぁ……」

翌朝、職員室のデスクで、俺は朝から何度も溜息をついた。

（つたく、あんなメスガキにいいようにされるとはな……）

胸の中で屈辱が未だくすぶり、そしてチンポはズキズキと疼いている。

（いや、メスガキなのは見かけだけか。話し方といい性格といい、ありゃあ一筋縄じゃいかねえ女だよな）

昨日、学園長室に呼び出された俺は、そこにいきなり現れたリマと名乗るサキュバスに散々な目に遭わされた。魔法とやらで金縛りにされた上、手コキと足コキでザーメンを搾り取られたのだ。

サキュバスと言うだけあって、手コキも足コキもとんでもなく気持ちよかった。しかしだからといって、いいように弄ばれた怒りが収まるわけではない。

そして精液を搾り尽くされた俺は、チンポ丸出しのまま長いこと学園長室で伸びていたのだ。

（いや、待てよ……完全に意識を失う前に、リマに反撃しようとしていた気もするぞ）

俺はふとある光景を思い出す。下半身を剥き出しにしたまま四つん這いになったリマを真後ろから見たところだ。

（俺はリマを押し倒して、思い知らせてやろうとバックから犯そうとして——いや、実際にハメてやるところまでは行ったんだが、その後……あれ？　あれれ？）

あられもないリマの姿が、記憶の中でどんどんおぼろげになっていく。

さっきまで確かに経験したと思っていたことが、波にさらわれる砂の城のように崩れていき、具体的な形を失う。

（いや、そんなことなかったか……？　ええと……もしかして……あれは夢だったか？）

そうだ、夢だ。俺はリマとセックスなんてしていない。そんな事実は一切ない。

俺はリマの足コキで盛大にザーメンをぶちまけた後、そのまま眠りこけてしまった。そして眠っている間に見た夢の中にリマが登場したのだ。

その夢の中ですら、俺はリマにまるでかなわなかった。何しろ夢なので細かいことは覚えてないが、それだけは確かだ。

（けど、いつまでもコケにされたままだと思ったら大間違いだぞ。いつかヒイヒイ言わせてやる……見てろよ……！）

ぐっと拳を握り締めながらそんなことを考えていると職員室の扉が開いた。

「毒島、迎えに来てやったぞ！」

「げっ！　リマ！」

部屋に入ってきた人影を見て、俺は思わず声を上げる。

そこには、いかにもサキュバスらしいハレンチ極まりないコスチュームに身を包んだリマが、実に小生意気な笑みを浮かべながら立っていた。


「何であいつらは、お前のことを無視してたんだ？」

学園の廊下を並んで歩きながら、俺はリマに質問をぶつけた。

俺は今、リマに仕事場へと案内されている。そもそもこの学園は俺の職場であり、案内するなら俺のはずなのだが、リマでなければ連れていけない秘密の場所があるらしい。

「あいつらというのは、あの部屋にいたお主の仕事仲間のことじゃな？　であれば無視していたわけではない。わらわのことを不自然に思わぬよう、魔法で暗示をかけておっただけじゃ」

「魔法？　暗示？」

当然のように発せられる胡乱《うろん》な単語を、俺はオウム返しに口にする。

「うむ。人間の心を魔法で操るのはサキュバスの最も得意とするところじゃ。それに昨日、魔力の元となる精液エネルギーをお主からたっぷりと頂戴したしのう」

「なるほど、俺の精液でねえ……」

俺は思わず股間のモノをズボンの上から撫でさする。

昨日のことを思い出したせいか、それともドスケベな格好をしたリマを前にしたからなのか、チンポが軽くイラついている。

「ったく、人間サマの心とチンポをいいように弄びやがって……」

「むふふっ、それだけではないぞ」

俺の独り言に対し、リマが意味ありげな笑みを浮かべる。

「そう言えば、サキュバスってのは人の夢を操るんだったっけな」

昔どこかで聞いた話を俺は思い出す。

「少し違うな。わらわたちはお主ら人間の魂を夢幻界に連れていくことができるのじゃ」

「はぁあ!?　そりゃお前……殺すってことか？」

「違う違う。そもそも眠ってる間に魂が体から抜けることなど日常茶飯事じゃ。夢を見とる間、人は誰でもそうなっとるんじゃぞ」

「嘘つけ！　そんな非科学的なこと信じられるか！」

そう言ってから、俺は思わず口をへの字に曲げてしまう。サキュバスに対して科学的妥当性なるモノを求めること自体のアホらしさに気付いたのだ。

「――って、待てよ。もしかしてお前、俺の魂とやらに何か悪さしてねえだろうな」

「んん？　何も悪いことはしとらんぞ。ただ足コキで無様に伸びてしまった後、魂だけ夢幻界に招待して可愛がってやったがな」

「なっ……か、勝手に人の魂とやらを別の世界に持ってくんじゃねえ！　死んだらどうすんだよ！」

「だから死なんと言っとるじゃろうが。体のほうが目を覚ませば勝手に魂は戻るんじゃ。心配するな」

「うぐ……ってことは、俺とお前がナニした夢ってのは、ええと――」

俺は夢の内容を思い出そうとしてから途方に暮れる。

「……駄目だ。完全に忘れちまった」

「ニャはははは、夢の中のお主はなかなか頑張ったぞ。じゃが、所詮はわらわの敵ではなかった。最後は精液を搾り取られながら哀れに泣き叫んでおったの～」

「うぐ……」

ちゃんと覚えていないがそんな気がする。俺は夢の中でもこのバケネコ淫魔に馬鹿にされ続けていたのだろう。

「さて――この廊下の先にある留学事業のための特別教室は、半分は夢幻界じゃ。わらわが招かぬものは入ってこれぬゆえ、お主が留学生の指導をしている間、絶対に邪魔は入らん」

「ほう、そりゃありがたい話だな」

「サキュバス国を挙げての事業じゃ。抜かりはない」

リマがフンスと鼻を鳴らして自慢する。

「ただ残念なのは、今回の留学生がたったの二人ということじゃ」

「二人？」

「うむ。性感トンネルを通って物質界に来ることのできた落第サキュバスは、二人だけじゃったのだ」

「へえ……別の世界からやって来るってのは、やっぱ大変なことなんだな」

「そういうことじゃ。なので現段階ではこの二名という数字で我慢するしかない。この二人の落第サキュバスがセックスの悦びを知り、充分な精液エネルギーを得ることができるようになれば、サキュバス留学事業もさらに拡大するじゃろう」

「そんなふうにうまくいくのか？」

「二人は何しろ素質だけはあるからな。わらわの性感トンネルを拡張したり、あるいは独自に性感トンネルを開通させたりもしてくれるじゃろう。そうすれば教室が満員になるほどのサキュバスを呼び寄せることも可能となるぞ」

「教室いっぱいの落第サキュバスねえ……へへへっ、そりゃあさぞ壮観だろうな」

俺はニヤけた笑いを浮かべつつ、廊下の奥にある見覚えのない扉を開けた。

イコ・バイコーンとルク・オルクス——それが、サキュバス国からやってきた二人の留学生の名前だった。

どちらも見るからに普通の人間ではなかった。それぞれ形状は異なるが、頭からは角を、背中からは翼を、そして尻からは尻尾を生やしている。むしろ猫耳のリマよりも悪魔らしい外見に思える。

しかし何よりも俺を圧倒したのは、そのプロポーションだった。

二人とも牡の本能を刺激してやまないほどのドスケベボディーである。特に服の上からも分かるほどのたわわな乳房には、自然と視線が貼り付いてしまう。

褐色の肌のイコは、はち切れんばかりの健康的な巨乳が服の布地を内側からパツンパツンにしている。

一方、白い肌のルクのほうは、規格外の重量級爆乳を窮屈そうに制服の中に押し込んでいる感じである。

そんな巨乳サキュバスが着ているのは、我が私立誠寛学園の制服だった。リマが着ているような露出度の高いコスチュームももちろんいいが、制服姿というのはまた違った魅力がある。サキュバスのかもし出す異界のエロスが、日常的で生々しいスケベさと同居している感じだ。

　もう俺は制服姿のサキュバス美少女二人を前にしてテンション爆上がりだった。何しろこれから指導と称して二人とヤリまくることができるのだ。

　しかし、そんな俺の甘い期待は一瞬で打ち砕かれた。

「アタシらが人間なんかに教わることなんてあるもんか。バカバカしい」

　俺が教壇で自己紹介をするが早いか、イコはいきなりそんなことを言ってきたのである。

「しかもオマエみてーな中年太りがアタシたちを指導するとかどんな冗談だよ。笑わせんじゃねえぞ！」

「何だと？」

「そんなぶったるんだ体とブサイクな顔でアタシの相手が務まるわけねえって言ってんだよ！　そもそもサキュバスが人間に何かを教

わるってのがおかしいんだ。分かったら顔を洗って出直してこい！」

「――イコさん、会っていきなりそんな話をなさるのは、いくら何でも不作法ですわよ」

のほほん、という表現がいちばんしっくり来るような態度でイコをたしなめたのは、ルクだった。

「はぁ……バイコーン家の方は皆さんがさつですのね。わたくしの家にはそのような者はいないので、少しびっくりしてしまいますわ」

ルクがこれ見よがしに溜息をつく。

「お母さまもお姉さまも、とても優しくて物静かで……声を荒らげてる姿なんて一度も見たことはありませんわ。それでいながら、人間から精液エネルギーを搾り取る手腕については二人とも超一流ですの。女王陛下から何度も表彰を頂いてますのよ」

「ケッ、隙あらば自分ちの自慢かよ。オルクス家が名家だからって調子に乗ってんじゃねーぞ！」

そんな調子で、二人は延々と俺の目の前で言い合いを始めた。

かといって、ルクが協力的だったかというとそうでもない。

「先生、物質界のことについて教えていただきたいんですけど……タピオカというのは、あれはいったい何の卵ですの？」

イコとの口喧嘩を一段落させたルクは、俺に対してそんな質問をぶつけてきたのである。

「え？　あ、いや——ありゃあ卵じゃない。確か何かの芋のデンプンを丸めたもんだぞ」

「お芋……？　ああ、安心しました。それならわたくしでも口にすることができますわ。それでは先生、そのタピオカのお茶をインマタグラムのフォロワーの皆さんに見てもらいたいので、今すぐ買ってきてくださりません？」

「はあぁ？」

「あら、インマタグラムをご存知ないんですの？　この世界にもSNSはあるとうかがったんですけど……」

「い、いや、そうじゃなくて、どうして俺が——だいたいタピオカの流行はもうピークを過ぎてるだろうが」

「あら、そうですの？　でしたらいま物質界でいちばんはやっているスイーツを買ってきてくださいな」

　さも当然のように言ってから、ルクがニコリは微笑んだ。

「ああ、お金でしたらご心配なく。後でお母様が払ってくれますわ」

「ぶはははは、何だよオマエ、ルクに召使いか何かだと思われてるじゃねーか」

　唖然としている俺の顔を見て、イコが馬鹿笑いする。

「だからオマエなんかに教官は務まらねーって言ったんだよ。分かったら早いところアタシたちを夢幻界に帰せよな！」

「うぅ……」

イコが勢い込んで俺に詰め寄り、たじろぐ俺をルクが生温かい目で見る。

「そもそもどうしてアタシたちが人間の恰好なんてしなくちゃならねーんだよ。アタシらのコスチュームはサキュバスの誇りだろ⁉」

「――それはな、お主らが一人前に魔法を使いこなせんからじゃ」

今まで黙っていたリマがようやく口を開く。

「いつもの格好で物質界を出歩いてみい。お主らの魔法技術では、いくら暗示をかけようとも、すぐに人間どもに不自然に思われてしまうぞ。じゃからせめて服装だけはこの世界に合わせ、暗示の効果を高める必要があるのじゃ」

「うっ……そ、それは確かにそうかもしれねえけど――しょうがねえだろ。人には得意不得意があるんだから」

口調はガサツなままだが、イコは明らかにトーンダウンする。

「魔法に関して、お主にどんな得意分野があるのじゃ？　まあ、それはそこのルクも同じじゃがな」

「わ、わたくしも努力はしていますわ。でも、なぜか魔法の力だけは伸びなくて――」

ルクも生意気な態度を引っ込め、悔しそうな表情を浮かべている。どうやら二人ともリマには逆らえないらしい。

「お主らはそれぞれ、バイコーン家とオルクス家の血統を受け継ぐ素晴らしい素質の持ち主じゃ。でありながら、その素質を活かすどころか、まともに魔法を使うことすらできん。それは自覚しているであろう？」

腰に両手を当てながら、厳しい口調でリマが続ける。

「今回の留学は、お主らの眠れる才能を目覚めさせるためにどうしても必要なのじゃ。だから少なくともこの留学期間中は、この毒島という男を人間だからと侮ることなく師と仰げ。これは命令じゃ！」

「うぐ……」

「わ……分かりましたわ」

イコが不満げにそっぽを向き、ルクが不承不承といった感じに頷く。

「さて、今日のところは顔合わせだけじゃ。この学園の寄宿舎にお主らの部屋を用意しておるのでゆっくり休むがいい。では、解散！」

「はぁ～っ」

イコとルクが教室を後にすると、リマはわざとらしく溜息をついた。

「想像以上にナメられとったの～。これは先が思いやられるぞ」

「うっ、うるせえな。しょうがねえだろうが！　二人があんな性悪だなんて思わなかったんだよ！」

　呆れ顔のリマに対し、俺は反論する。

「で、どうするんだ？　ちゃんとサポートしてもらわねえと俺だけじゃどうにもならねえぞ。あいつらお前の言うことならまあ聞きそうだしよ」

「いや、わらわも忙しい身じゃ。この後もお主に付きっきりというわけにはいかん」

「じゃあどうすりゃいいんだよ！」

「やれやれ……しょうがない。こいつを使ってあの二人に言うことをきかせるがいい」

　リマがどこからか青い金属製のものを取り出し、俺に渡す。昔の貴族が召使いなんかを呼ぶときに使う、小さなハンドベルのような代物だ。

「何だこりゃ？」

「それはわらわが魔法技術の粋《すい》を集めて作り上げた傑作でな、ブルーベルというものじゃ」

「はあ……あまりにもそのまんまなネーミングだな」

「そもそもブルーベルは、わらわたちサキュバスが苦手とする花の名前でな。その花が宿す力を抽出し、疑似実体化するまで凝縮したのがこの鈴じゃ。それゆえこのブルーベルの音にはサキュバスの意志をくじく力がある」

「ええと……つまりどんなふうに役に立つんだよ」

「分からんか？　このベルを鳴らしながらサキュバスに命令をすれば、相手のサキュバスはけして逆らうことができんのじゃ」

「おいおい、そんないいモンがあるんだったら最初から渡せっての！」

「そのブルーベルは試作品でひとつしかない。なのでお主に渡すと、わらわはあの二人に新たな命令をすることができなくなる。実はわらわは、あ奴らに留学を承知させるためにベルの力を使っておるのじゃ。それほどに二人は留学することを拒んでおったのじゃ」

「ふーん……って、もしかしてこいつを使えばお前のことも自由にできるのか？」

「あのなあ〜、わらわがそんなヘマをすると思ったのか？　そのブルーベルは試作品ゆえに大きく力が制限されておる。ベルの表面に名前を刻まれたサキュバスにしか効果を発揮せんのだ」

「チッ、何だよ……さすがにそんなうまい話はないか」

「当たり前じゃ」

リマがやれやれといった顔で苦笑いする。

「とにかく貴重なブルーベルを預けるのじゃ。もしもあの二人を処女のまま夢幻界に帰しでもしたら……そうじゃな、そのときはお主に不能の呪いでもかけてやるかの」

「じょ、冗談じゃねえ！　この歳でインポになったら何を楽しみに生きてきゃいいんだよ！」

「嫌ならきちんと努力するのじゃ。この国とサキュバス国の友好関係はお主にかかっておるのじゃからな！」

そして、さらに翌日――。

二人のサキュバス留学生にひと通り授業をした後、俺はイコに放課後の居残りを命じた。

「はぁ？　何でだよ！」

「補習を受けてもらう。せめて本の上下くらいは間違えないようにしてもらわないとな」

「うぐ……」

イコが悔しそうに唇を噛む。

授業中、イコは教科書に書いてあることがまるで読めなかった。それどころか教科書を逆さまに持つ始末だったのだ。

「これだけ普通に会話ができてるんだから、日本語の素人ってわけじゃないんだろ？　放課後に読み書きのイロハを教えてやるよ」

「あらあら、そういうことでしたら仕方ありませんわね。わたくし、一人で街に出かけて何か美味しいものを売っているお店を探してきますわ」

ルクが席を立って教室を後にしようとする。

「お、おい、待てよ！　薄情なヤツだな！」

「――イコ、お前は居残りだって言ってるだろ？」

ルクを追おうとするイコの耳元で、俺は密かに取り出していたブルーベルを鳴らす。

「うぐっ……」

イコの顔に驚愕の表情が浮かぶ。

「おとなしくそこに座れ」

「なっ……ど、どうしてそいつを――」

浮きかけていたイコの尻が、すとんと椅子の上に落ちる。

そうこうしている間に、ルクはあっさりと教室を出ていった。

どうやらブルーベルの存在には気付かなかったらしい。きっと買い食いのことで頭がいっぱいなのだろう。

そして教室には、俺とイコだけが残された。

「く、クソ、何なんだ……？　どうしてオマエがあのヘンな鈴を持ってんだよっ……！」

「もちろんリマから預かったんだ。何しろ俺は、あいつからお前らに対するスケベ方面の教育も任されてるんでね」

「な、何だとぉ⁉」

「さて……これから俺に何をされても逆らうんじゃねえぞ」

俺はイコを立たせてその背後に回り込み、たわわな乳房を服の上から手の平に収める。

「ううう……な、何しやがる！」

「何って、まずは胸を揉まれる快感ってやつを教えてやろうってんだよ。感謝しろよな」

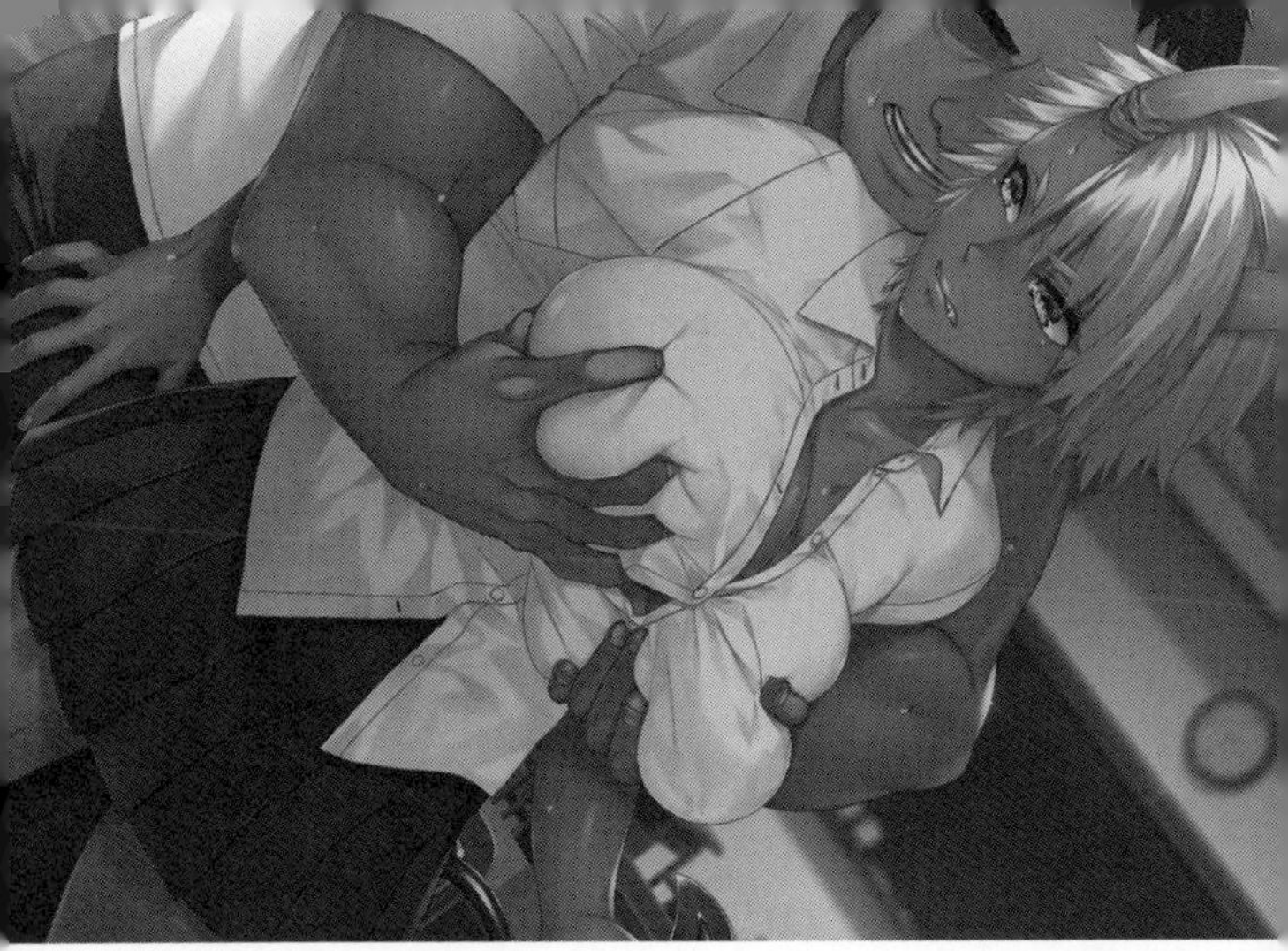

柔らかくも張りのある感触を布地越しに楽しみつつ、俺はムニムニと指を動かし始める。

「うぐぐぐ……何が感謝だっ！　あうッ、ううッ——魔女のバアさんに呪われちまえっ！」

イコが俺の腕の中で身をよじる。

「おい、逆らうなって言ってるだろ！」

「知ったことかっ……うっ、うあっ、あううっ……！　手を放しやがれ、コンチクショウっ！　うくうぅぅっ……！」

イコの体がさらにくねり、悶える。しかし俺の手を振り払ったりする様子はない。

「んん？　——もしかして俺から逃げようとしてるんじゃなく、気持ち良くて体が反応してるのか？」

「そんなわけないだろっ！　ふっ、ふぐっ、うぐぐっ……こんなふうにされて感じたりするわけが——あううっ、うぐぅっ……！」

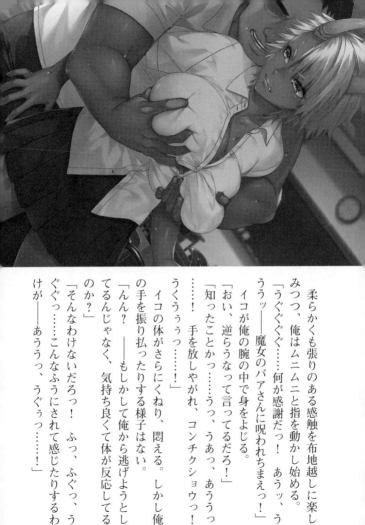

「必死になって声を我慢しやがって……やっぱ感じてるんじゃねーか！」

俺はイコの胸を揉む十本の指に力を込める。

「あううぅッ……！　違うっ！　感じてなんかないっ！」

俺の指が食い込んだぶんだけイコの乳肉が押し返そうとしてくる。いつまでも揉んでいたくなるような心地いい弾力だ。

「ふぅ、ふぅ、エロい体しやがって……オラッ、もっとモミモミさせろっ！」

頭が芯から熱くなるような高ぶりを覚えながら、俺はイコの双乳を弄ぶ。

「うぐぐぐぐ……鼻息を首筋にかけるなぁっ！　ンうっ、うぐっ……きっ、気持ちわりいなっ……うあっ、あううっ……！　こんなことしたって無駄だって分かんないのかよっ！」

「しっかり感じてるくせに何が無駄だ。嘘ばっかつきやがって！」

「嘘じゃないっ！　こんなのが気持ちいいわけないだろうが！」

「じゃあ何でもう乳首が立ってんだよ！」

俺はイコの乳首の辺りに服の上からムニュゥ～ッと指を食い込ませる。

「うぁあああァ～ン！」

「ううっ、クソぉッ、エッロい声出しやがって！」

「ううぅぅっ……い、いきなり変なことされたから驚いて声が出ただけだっ！　下らねえ言いがかりつけるんじゃねえっ！」

「言いがかりだと？　乳首をこんなにビンビンにして何言ってやがる！」

俺はイコの指に食い込ませた指をグニグニと無遠慮に動かしまくる。

「あんまり勃起してるんで服の上からでもすぐ場所が分かったぞ！　これじゃ乳首当てゲームは不戦敗だな！」

「なっ、何をっ、はっ、はぐぐ、うぐぐっ、何を下らねえことをっ……おッ、おあぁッ、ンあッ、あくぅぅぅッ！　やめろおっ！　先っぽばっかりいじるなっ！」

「へへ、つまりパイオツ全体を気持ち良くしてほしいわけだな」

乳首への執拗な刺激で敏感になっているであろう双乳を、俺は服の上からまさぐるように撫で回す。

「ふぁわわわッ！　おッ、おッ、オマエぇぇぇッ……うううぅッ、うぐぐ、うぐ、ンあああぁッ……！」

ソフトな愛撫が予想外だったのか、イコの体が面白いくらいにビクつく。

「はッ、はッ、はッ、人の胸を、好き放題オモチャにしやがってぇっ……！　ううぅっ、後で絶対に痛い目に――うッ、うあはッ、あふぅぅン……！」

湿り気を帯びた悩ましい吐息をつきつつ、イコがますます艶っぽく体をくねらせる。

「うぐ、ヤベエぜ……ふうふう、ガサツなセリフと女っぽい反応のギャップがたまんねえ……！」

イチモツが痛いくらいに強張り、ズボンの上からでも分かるくらいに膨張していく。

「おわあああっ！　オマエ、何してんだよ！」

「うるせえな！　こっちは両手が塞がってるんだよ！　太腿くらい貸しやがれ！」

俺はイコのたわわな胸を揉み続けつつ、ムチムチとしたその下半身に股間のふくらみをこすり付ける。

「うぐぐぐ……また気持ちわりいことしやがってっ……！　しかも、こんなに大きくして――ふてぶてしいにもほどがあるぞ、オマエっ！」

「お前のデカパイがスケベ過ぎるからこんなになってんだぞ！　そっちこそ反省して俺のチンポを扱《しご》きやがれ！」

「はあぁ!?　何言ってんだ！　んなことするわけが――」

「命令だぞ！　まずはズボンのチャックを下ろしてチンポを出すんだよ！」

「なっ――あ、ああっ、何だ……!?　うぐぐぐ……手が勝手にっ……！」

イコの右手が俺の股間をまさぐりだす。どうやらファスナーを探しているらしい。

「あううっ、い、イヤだ……！　アタシ、どうしてこんなっ……うぐ、うぐぐぐ……」

「おおおぉぉ……触り方がメチャクチャやらしいぞ！　はぁはぁ、チンポを取り出す前に射精させようってんじゃねえだろうな！　サービス過剰だぞ！」

「んなわけあるかっ！」

俺とイコが言い合っている間もイコの右手は動き続け、そしてようやくファスナーを下ろして俺のモノを露わにする。

「うぐ――な、何だこの熱さ……ヤケドしちまう……！」

その細い指をシャフトに絡めつつ、イコが驚きの声を上げる。

「こんな――はぁはぁ、こんなに興奮しやがって……ううううっ、マジでありえねぇ……ふぅ、ふぅ、ふぅ……」

「お前の胸がエロ過ぎるからだって言ってるだろ。ほら、愛情込めてシコシコしろ」

「くうぅっ……何が愛情だ、ホントにバカじゃねえか!?　あっ、クソッ、体が言うこと聞かねえ……うううぅぅっ……！」

イコの右手がゆるゆると動き、本人の意思に逆らって俺の肉棒を扱き始める。

すでにカウパー汁によってべとついていたチンポの表面を、イコの指がぎこちなく滑る。

「はぁ、はぁ、はぁ、はぁ……」

「おいおい、息が荒くなってるぜ。それに目のほうもウルウル潤んでるし――やっぱ興奮してるんだな？」

「誰が興奮なんかするかっ！　はっ、はくっ、うぐぐぐ……ンふ、ンふッ、ンううぅ、ンふうぅッ……！」

呼吸を抑えようとすればするほど、イコの口や鼻から漏れる声音が艶っぽいものになっていく。

俺はイコの手コキを堪能しつつ、彼女の着ているブラウスのボタンを外していった。

「うああっ、お、オマエ、何するつもりだっ！　このおっ！」

「俺だけチンポ出してんのは不公平だろうが！　ほれ、お前もスカートめくってパンツ見せるんだよ！」

「うくううっ……ち、畜生っ、ダメだ……逆らえないっ……！」

イコが右手で俺のモノを扱きつつ、左手でスカートをたくし上げる。

「おいおい、パンツが濡れてるぞ！　どういうことだよ！」

「うぐ——うるせえうるせえうるせえっ！　しょうがねえだろっ！」

「乳首のほうも想像以上にビンビンだし——オラッ、感じてねえとか嘘ばっかつきやがって。もう容赦しねえぞっ！」

俺はイコの双乳を鷲掴みにし、激しく揉みしだく。

「やめろっ！　やめろぉ～っ！　おあッ、あァあああッ、あ、あ、あ、ああッ、あはァあああン！」

健康的な褐色をした柔らかなカタマリが、俺の手の平の中で自在に形を変え、歪む。

「どうしてっ……どうしてこんなぁッ……あッ、あうぐ、うぐ、ンぐぐぐ……！

アタシ、感じたくなんかないのにっ……！」

「この期《ご》に及《およ》んでなーに喘ぎ声を我慢してんだ。お前がパイオツだけで感じまくりなのはバレバレなんだぞ！」

俺はイコの弾力豊かな乳房を捏《こ》ね回《まわ》しつつ、人差し指や中指の先で乳首をクリクリと刺激する。

「ンううううぅぅぅ〜ッ！　うぐ、うぐぐ、うぐ、うぐぅ……く、クソぉおっ……！　お、オマエみたいなヤツに——うあああアッ、あァああアアァァ〜ッ！」

イコがあからさまな声を上げつつ、カクカクと無様に空腰を使う。

「へへ、どうだ？　気持ちいいか？　気持ちいいんだろ!?」

「きッ、きッ、気持ちッ——ンあああアアアッ！　気持ち良くなんかあぁッ……あひッ、ひィいいいィ〜ン！」

「それが感じてるときの声でなくて何なんだっつーの。さっきから腰も動きっぱなしだし……本当はもうマンコが濡れ濡れなんだろ？　グチュグチュになってんだろ？」

「あくッ、うぐううぅぅぅッ……！」

「マンコを触ってほしくてたまんなくなってんだろ？　ええ、どうなんだよ」

「ううう、なっ、なってないっ！　触ってほしくなんかないいっ！　誰がお前みたいなブサイクオヤジに触ってほしいもんかっ……！」

「またそれかよ。だいたいサキュバスが男を選《え》り好《ごの》みしていいのか？」

「そ、それは——ううッ、ううぅぅッ……！」

イコが歯を食い縛り、眉を切なげにたわませる。

「おいおいどうしたんだよ。俺、何か変なこと言ったか？」

「うるさいっ！　オマエの知ったことじゃないっ！　うぐ、うぐぐぐっ……！」

「——まあいいか。それよりどうなんだ？　マンコをいじってほしいのか、ほしくないのか！」

俺は完全に勃起したイコの乳首をギュッと摘まみ、グニグニと揉み潰すように刺激する。

「うひぃいいいいいイイイイィィィィ〜ッ！　やッ、やッ、やめッ！　えひぃいいいいいイイイイィィィィ〜ッ！」

グイッ、グイッとイコがダイナミックに腰を揺らす。

「オラオラ、どうなんだよっ！　マンコをグチュグチュ掻き回してほしいんだろ！　違うのか⁉　もしいじってほしいんだったらもっと気合入れて手コキしてみせろ！」

「うぐぐぐぐッ、ンううッ、うぅうううぅぅぅ〜ッ！」

「おほおおおっ！」

イコが俺のイチモツを強い力で握り、ガシガシと激しく扱きたてる。

「うぐぐぐ……チンポが摩擦で燃え出しそうだ。へへへっ、お前のマンコをいじってほしい気持ち、メチャクチャ伝わってきたぜ！」

「違うっ！　違ううっ！　うぐ、うぐぐっ、アタシそんなこと考えてないっ！　これは……これは例の変な鈴のせいでぇぇっ……！」

「ブルーベルの力で俺に逆らえないから、本心を隠すこともできねえんだよな！　へへ、いい加減に認めろっつーの！」

俺はイコの背後から手を回し、指先をショーツに包まれたままの股間に食い込ませる。

「ンぁああああぁッ！」

「おいおい、もう完全にグチョ濡れじゃねえか。ちょっと指で押しただけでヌルヌルが滲み出てきてるぞ！」

「ううウッ、や、やめ、やめろぉぉ……うあああッ！　そ、そこをグリグリするなあっ……あぐぐ、うぐぅううッ！」

「ふぅ、ふぅ、指が勝手にパンツごと潜り込んでくぞ。完全にマンコができあがってるじゃねえかよっ！」

俺は手を前後に動かし、ショーツの薄い布地の上からイコの秘裂を刺激する。

「イヤだっ！　イヤだぁ～っ！　こんなオヤジにいいようにされるなんてっ……！」

イコが悩ましい喘ぎ声をあげ、いっそう淫らに腰をくねらせる。

「いや、だからおかしいだろ。サキュバスのくせに何でそんなに嫌がんだよ。もしかしてお前、セックスが嫌いなのか？　それとも怖いのかよ！」

「ううぅぅ……ど、どっちでもないっ！　ふぅ、ふぅふぅ、ンあぁッ！　お、オマエに何が分かるっ！」

「ああ、分からねえな。相手にちゃんと気持ちを伝えるには、やっぱ国語の力が必要だぞ」

俺はイコのクレヴァスに深く指を食い込ませ、細かく振動させる。

「あァあァあァあァあァあァァァァ～ッ！」

「何だ、これだけで派手に感じやがって。もうイキそうになってんのか？」

「い、い、イクわけっ——ンううぅぅッ！　イクわけないだろ、こんなんでえっ！　オマエなんかの指で、このアタシがイッたりなんか——あああァァァ～ン！」

イコの腰がさらにくねり、そして肉棒を握る手に力がこもる。

「おおぉぉっ……だ、だったらこの邪魔っけなパンツを脱げ！　直にマンコをいじってイかせてやるよ！」

「うぐぐぐ……だ、誰がそんなコトっ——ふぁあああァン！」

俺は愛液に濡れた指を前方に滑らせ、指先でクリトリスの辺りを揉み潰す。

「はッ、はひ、はひッ、ひァああぁッ、ンあぁぁッ！　やめろッ、やめろぉぉぉ～ッ！」

不意に指先に触れる感触が変化する。イコの穿いていたショーツが跡形もなく消え失せてしまったのだ。

「なるほど、サキュバスは魔法で服装を変えられるんだったな。こりゃあ便利だぜ！」

俺はもはや邪魔な布地に阻まれることなく、たっぷりと潤んだ肉の割れ目をじかに愛撫する。

「ひァあああァァァ～ン！　やッ、やだッ、やだああッ！　こ、こんなヤツにっ！　こんなブサイクなオヤジにいぃ～ッ！　あはァああァァ～ン！」

イコがいよいよ切羽詰まった調子で喘ぐ。

「人の顔をけなしながらエロい声上げやがって！　クソ、こっち向けっ！」

「こ、今度は何をするつもり――ンううっ！」

横を向いたイコの顔に顔を寄せ、俺は強引に唇を奪う。

「うぶぶっ！　お、お、オマエ、何のつもりっ……ンむふぅぅッ！　どうしてアタシにキスなんか――あむむむむッ！」

「オラッ、もっと舌を突き出せ！　恋人みたいなキスで俺を興奮させるんだよ！」

「ンむ、むぐぐ、むちゅ、むちゅちゅッ！　こ、恋人……!?　ふぅ、ふぅふぅ、お前いま、恋人とか言ったのか……!?」

イコが、俺のイチモツをギュッときつく握る。

「オマエっ……はァはァ、なに言ってんだよっ……！　ンちゅ、ねちゅ、ねちゅちゅッ、ねぶぶぶッ♥」

重なった唇の合間から漏れるイコの声音に、どういうわけか甘たるい響きが混じり始める。

それだけではない。舌が積極的に動き、媚びるように俺の舌に絡み付いてくる。まるで求愛中の軟体動物のようだ。

「ンふッ、フウゥ～ン♥　こ、恋人だなんて……ンちゅ、ンちゅ、むちゅッ♥　アタシはサキュバスなんだぞ……！　なのにそんな変態みたいなコト――ぶちゅうぅ～ッ♥」

イコが自分から唇を押し付け、俺の唇にピッタリと重ねる。

「この変態っ……ふぅふぅ、変態オヤジぃっ……！　ンむむ、むちゅちゅちゅちゅッ！　変な魔法で体の自由を奪った上に、恋人とか言いやがってぇ……魔女のバアさんに呪われちまえっ！　むちゅちゅちゅちゅちゅッ♥」

熱っぽく俺の唇を吸いながら、イコが手コキの動きを変化させる。ただひたすら乱暴に扱くだけでなく、手首のスナップを効かせて捻りを加えてきている。

新たな快感と、イコの豹変ぶりがもたらす興奮により、大量のザーメンが肉棒の中に込み上げてくる。

「ぷふっ――ふへへへっ、何だか知らねえがキスだけで気分出しやがって……！」

俺は熱く火照ったイコの膣穴に指をズブリと挿入し、小刻みに前後させる。

「ンあァァアッ！　べっ、べつに気分なんて出してないぃぃぃッ！　ンふ、ンはッ、ンああぁッ、あァあああぁぁッ！」

　追い詰められた膣壺のわななきが指に伝わってくる。

「あっダメッ！　ダメ、ダメ、ダメ、ダメぇえええぇッ！　うあッ、うあああッ！　い、い、イク！　イクッ！　うぐぐッ！　もうイク、イクぅううッ！」

「いいぞ、このままイけっ！　俺といっしょにイクんだ！　いいなっ！」

「ンあッ、ンああッ、あァあああッ！　い、い、いっしょにだなんてえええッ！　うあァ～ッ！　ああァ～ッ！　イク、イクッ！　マジでイクぅううッ！　こんな変態オヤジにイかされるうぅぅ～ッ！　うひぃいいいいいィィィ～ッ！」

　イコが全身を激しく痙攣させ、その股間から大量の潮を迸らせる。

　その間も、イコの右手は俺のチンポを扱きまくり、射精へと導こうとする。

「うおおおおっ、俺も出すぞっ！　ぐぐぐぐぐ――オラあああっ！」

　びゅびゅびゅびゅううぅぅぅぅーッ！　どびゅ！　どびゅ！　どびゅ！　どびゅうッ！

　イコの手の中で肉棒が激しくビクつき、ザーメンを迸らせる。

「うあああぁッ、あッひいいいィィィ～ッ！　イクううぅ～ッ！　イックううぅぅ～ッ！　うぐ、うぐぐ、うぐうううッ♥　ひィ、ひィ、ひィ、ひィィィ～ン♥」

　勢いよく精液を飛び散らせるペニスを、イコがギューッ、ギューッと握り締める。

　そうしながら、イコはウットリとした顔で俺に体重を預けてきた。

「はァ〜ッ、はァ〜ッ、はァ〜ッ、はァ〜ッ……ンあぁぁぁ……すごいぃぃぃ……♥　ンほ、ンほ
はふ、へはあぁぁぁ……♥　ザーメンの匂い……すごく濃いぃぃぃ……♥　ンほ、ンほおぉぉぉ……こんなの……こんなの反則ぅぅぅ……むふぅぅぅ……♥」

よろめいたイコの体を、俺は支えてやる。

「はぁ、はぁ、はぁ、はぁ……うぐぐ、クソッ、すげえ搾り取られちまった……」

「ふぅ、ふぅ、ふぅ……ンく……ど、どうせ……これで終わりなんだろ……？　早く手を放せよっ……」

そう言いながらも、イコは俺に体を密着させたままだ。

「いーや、まだできるぜ。って言うか手コキだけで満足してたまるかよ」

「何だって……？　で、でも、前に授業で習ったときは、人間の男は一回出すともうしばらくできなくなるって――」

「俺様をそこらのフニャチン野郎といっしょにすんじゃねーよ。少なくとも、お前相手に本番抜きで終わりにするとかありえねえぜ」

「な、何がアタシが相手だったら、だ……いい加減なコト言いやがってぇ……オマエなんかマジで魔女のバアさんに呪われろぉ……♥」

言葉の内容とは裏腹に、イコの声はなぜか甘くとろけている。

「へへ、もうメロメロじゃねえか。キスと手マンだけで俺に惚れちまったのか？」

「うぐっ……！　な、何をバカなことを——この変態野郎っ！」

だらしなくトロけていたイコの表情に険しさが戻る。

「サキュバスとかいう変態種族のくせに何言ってやがる。オラッ、いよいよセックスを教えてやるからこっちに来やがれ！」

「何しやがるっ！」

俺はイコのスカートをむしり取るように脱がせてから、その右足をグイッと持ち上げた上で体を黒板に押し付ける。

「くぅううっ……アタシをどうするつもりなんだよっ！」

「だからセックスだって言ってんだろうが。落第サキュバスってのは頭の中もパーなのか？」

「何をぉっ……！　あ、あっ、やめろコラっ！　きたねえチンコ押し付けるなっ！」

その言葉を無視し、すでにギンギンになっているイチモツを後方からイコの股間に押し付ける。

体位としては後背位になるのだが、イコの姿勢は黒板に手をついているので立位に近い。俗に片足立ちバックなどと呼ばれるような格好だ。この姿勢だと、イコの右足を支える右手で彼女の乳房をまさぐることができる。

「あぁああっ、やだ、やだ、入ってくるっ……！　ううぅぅ……熱いのがアタシの中に……はぁ、はぁ、はぁ、はぁ、うぐぐぐっ……！」

イコが俺から逃れるために何とか体を動かそうとしている。

だがブルーベルとやらの効果には逆らえないのか、その努力は全て無駄に終わってるようだ。

「ううぅぅぅ……クソ、クソッ！　放せ、こんチクショウっ！」

「へへっ、それじゃあ覚悟を決めな。俺がチンポの味を教えてやるよ……！」

俺はイコの体を抱え直し、本格的に腰を前進させる。

「うぅうううっ……あっ、あっ、あっ、あァああアアァァァ〜ッ！」

熱く火照り、愛液に潤んだ肉壺に、俺のモノがズブズブと入り込んでいく。

「うぐ、うぐぐっ、ンふ、ンはっ、はぐぅうううっ……！　チクショウっ……中が押されてるうぅ……うぐぐっ、オマエのチンポ、デカ過ぎんだよ！」

「おいおい、そんなふうに褒められるとますます頑張りたくなっちまうだろ」

「褒めてなんかねえよっ！　あ、ああッ、よせっ、やめろぉぉ……ンぐッ、うあああッ……！」

肉棒をほぼ根元まで包み込んだイコの膣肉が、ギュゥ〜ッと収縮する。

「うおおおっ!?　な、何て吸いつきだ……クソ、たまんねえっ！」

うっかり動かすとザーメンを漏らしかねない。俺は体の動きを止め、イコの膣内の感触を堪能する。

「はぁっ、はぁっ、はぁっ、はぁっ……！　へ、へっ、何だよ、もしかしてもう出しそうになってんのか？　この早漏チンコ野郎！」

イコが無理に口元に笑みを浮かべる。

「さんざんデカい口を叩いておいてだらしねぇヤツだぜ――ンぐぐッ！　ま、まあ、しょせん人間のチンポなんてサキュバスにかかればそんなもんだよな！」

「ああ……確かに、お前のマンコの名器っぷりは認めねぇといけないな」

俺はヘソの下に気合を込めつつ、ゆっくりと腰を前後させ始める。

「はくッ、ンうッ、うぐぐッ……はぁ、はぁはぁ、情けなく腰をヘコヘコさせやがってっ……うぅ、ううぅぅっ……ち、ちっとも感じねぇぞっ！」

たっぷりと淫蜜に濡れたイコの膣内の俺の肉棒とが、ヌルルルッ、ヌルルルッと滑らかにこすれ合う。

「マンコをここまで濡らしといて何言ってんだよ。本当は気持ちいいんだろ？」

「き、気持ち良くなんかねえって……！　人間の――人間なんかのチンコに、アタシたちサキュバスが負けるわけないんだからっ……！　あッ、あッ、あッ、あぐぐぐ、うぐううぅッ……！」

イコの膣壺がさらに俺のモノに吸いつき、摩擦の快楽をいっそう高める。

「くうぅぅ……クソッ、言うだけあってお前のマンコは絶品だぜ……ふぅ、ふぅふぅ、マジで俺だけのモノにしてぇ……！」

下半身から湧き起こる快感に急《せ》き立《た》てられるように、俺は腰の動きを加速させていく。

「うッ、あッ、あッ、あああッ、な、何言ってんだバカっ――ンああアアッ！　オマエのモノになんてなるわけないだろっ！」

「いーや、ぜってえに俺のモノにしてやる！　俺専用のマンコにしてやるからな！」

イコの膣内が潤みを増していくのをチンポの表面に感じつつ、俺はいっそうピストンを速めていく。

「あうッ、あうッ、あうッ、うあああン！　な、何がお前専用だっ！　はぐッ、うぐぐッ、この、このヘンタイいぃっ！　ひぐッ！　アタシは絶対そんなふうになんかあッ――うあッ、ンああアアッ、あはッ、あああッ、あァあああァァ～ッ！」

「はぁ、はぁ、はぁ、ずいぶん派手にヨガってるじゃねえかオイッ！　俺のチンポなんかじゃ感じねえとか言ってなかったか⁉」

「ンぐぐッ、あ、あんまり激しく動かすから、声が勝手に出ちゃってるだけだッ！　ヘンな勘違いすんな、バカああッ！」

「何だとぉ……だったらヨガリ泣きするまでチンポで突きまくってやる！」

俺は突き込みの角度を変え、ちょうどクリトリスの裏側に当たる場所に肉棒をこすり付ける。

「あァああアアアッ、ヤバいっ、ヤバいいっ、ンあああぁッ！　そこはヤバいいぃ～ッ！　ひぐぐぐッ、ンひィいいいィ～ッ！」

「どうやらＧスポ責めは気に入ってくれたみたいだな——オラオラオラッ！」

俺は腰を小刻みに動かし、イコのマンコの中の性感帯を執拗に刺激し続ける。

「ううッ、うううッ、うあ、うあッ、ンは、ンはァあああン！　やめろッ、やめろおぉ～ッ！　おあああッ、あはああァァァ～ン！　マンコおかしくなるううぅ～ッ！」

「はぁ、はぁ、どうだっ！　これでもまだ感じてねえとか言うつもりか!?」

「ううううッ、感じてないっ！　感じてないいいいっ！　ひィ、ひィひィ、感じてなんかないいいィ～ッ！　うァああアアアッ！　早く諦めろっ、ヘンタイっ！」

「そうか……だったらこういうのはどうだ？」

俺はピストンを中断し、肉棒を大きく前進させて亀頭部分を膣奥に押し付ける。

「はぐぅううぅぅぅ……ッ！　うッ、うはッ、うあぁぁぁ……そ、そ、そんな深くまで……ンぐぐぐッ！　チンポに串刺しにされるうぅぅ……ッ！」

「へヘッ、サキュバスとか言ってもやっぱ処女だな。可愛いこと言いやがって」

俺は小さく腰を動かし、マンコ壺の最奥部を肉棒で二度、三度と小突く。

「はぐッ、うぐぐ、うはぁぁッ！　あ、あッ、あうぅ……奥にっ……うぐぐ、奥に食い込むううぅ……！　ンああアアッ、うはァあああぁ～ン♥」

イコの膣内粘膜がピッタリと俺のモノに重なり、ギュウウゥゥ～ッと圧迫してくる。

「おおぉ……Ｇスポと子宮口を責められてマンコ全体にエンジンがかかった感じだな。けどこれからが本番だぜ」

「ううッ、うぐぐぐ……ふう、ふう、ふう、な、何をするつもりなんだ……？」

「そりゃあこうするんだよ！」

俺は中断していたピストンを再開する。

「ンはッ！　ンははッ！　はぐ、うぐぐ、ンぐ、うぐ、うああアアアッ！　当たってるッ！　当たってるうぅ～ッ！　チンポの先っぽが、いちばん奥んところにィィ～ッ！」

イコの肉壺の吸いつきに逆らうようにペニスを引き、そして一気に突き入れる。

ヒリつくような快感が股間から脳天へと走り、背すじがゾクゾクとおののく。

「うあああぁッ、何だこれっ⁉　何だこれえぇっ⁉　あひ、あひッ、あひいいぃン！　何なんだよおおぉ～ッ！　ふぁあああぁぁン！　に、人間のチンポがこんなだったなんてええっ！」

「人間のチンポがどうこうじゃねえ。俺のが特別に気持ちいいんだよ！」

「あッ、ああッ、あああッ、す、すご、すごいいッ――うぐぐぐッ！　ブサイクなくせにどうしてこんなにすごいんだよおおッ！　おァあああァァ～ッ！」

「顔は関係ねえだろ顔はっ！　クソッ、もう容赦しねえぞ！」

俺は怒りと興奮に任せ、ピストンをさらに激しくする。

「あッあッあッあッあッあああァァァーッ♥　やめろぉーッ！　おァあああアァァァァーッ♥」

「へへへっ、これからは俺以外の奴にマンコを使わせるんじゃねえぞ。そしたらまたこうやって気持ち良くしてやるからな！」

「な――何言ってるんだ⁉　ううううッ、たった一人としかセックスしないだなんて、そんなの――ふぅ、ふぅふぅ♥　そんなのマジでヘンタイじゃないかっ！」

「なるほどな。さっきからヘンタイヘンタイうるさかったのはそういうことか……だったら俺以外のチンポのことなんか考えられないようにしてやる！　立派な変態サキュバスにしてやるよ！」

粘っこい愛液でグチョグチョになったイコの膣内で、硬く強張った肉棒を動かしまくる。

「ンはァあああン♥　ヤバいっ！　ヤバいいぃ～っ！　マンコの奥が、チンポでドスドスってされてるうぅ～ッ！　うひいいイイィ～ン♥」

「どうだ、どうだっ！　俺のチンポが好きになってきただろ！　この変態サキュバスが！」

「うぐ、うぐぐぐ、うううッ……おっ、思い上がんなっ！　はひ、はひッ、ひいいいぃン♥　オマエのことなんか好きになるわけないだろっ！」

「そうか？　俺はお前のマンコのこと、めちゃくちゃ気に入ってるぜ――オラッ、こっち向け！」

俺はハードな抽送を続けつつ、イコの顔に顔を近付ける。

「ンううううッ！　ンふ、むふ、むぐぐ、ンむっ……ンぷっ、ンむむむぶッ！」

イコの唇に唇を重ね、口の中に舌を差し入れる。

「ンふぅ〜ッ、ンふぅぅ〜ッ、ひゃ、ひゃめろぉぉ……♥　ンむ、むぐぐっ、うううぅ〜ン♥　こ、こんなことれオマエを好きになると思ったら……ンむ、むちゅちゅっ、お、おおまひがいらぞおぉっ……おぶッ、へぶぶッ、ンぷぷ、ンねぶぶぶッ♥」

重なった唇の間から、甘い喘ぎと唾液が小さく弾ける音が響く。

「へへッ、そっちから舌を絡めてるくせに何言ってやがる」

「むぐ、ひがうぅ……むふ、むふうぅン♥　これはオマエのベロを押ひ出そうとひてるらけらぁ……あむむむ、むぐぐ、へぷ、ねぶぶぷぷッ♥」

「くううぅぅ……こんな愛情のこもったキスをされたらますますチンポが元気になっちまうぜ……！」

股間に熱い血液がいっそう集中するのを感じながら、俺は腰を振りたくる。

「ンは、ンはッ、ンあぁ、ふごい、ふごいぃぃ……ッ！　チンポがどんどんおっきくなっへ……ンへ、ンへッ、へぶッ、うぶぶ、ンはあぁン！」

激しく出入りする俺の肉棒に、イコの膣壷が愛しげに吸いついてくる。

いっそう鮮烈になった摩擦の快感により、肉棒内に大量のザーメンが込み上げる。

「ふぐうぅ～ッ、ふぐうぅぅ～ッ♥　お、おっき、おっきっ、ンぐぐッ、おっき過ぎるうッ！　ンぶ、ンぶぶぶッ！　チンポおっき過ぎるううぅぅ～ッ！　こんなチンポれ奥を突きまくられたらあぁぁぁ～ッ！」

「アクメしそうになってんな、イコっ！　このまま初セックスでイかせてやる！」

イチモツの中でザーメンの圧力がぐんぐん高まっているのを感じながら、俺はラストスパートに入る。

「うぐッうぐッうぐッうぐッうぐぐぐぐぐぅぅぅ～ッ！　イクううぅ～ッ！　イクううぅぅぅ～ッ！　むぐぐ、むふぅううン♥」

イコの体がガクガクとおののき、褐色の肌が新たな汗を噴き出す。

「ひあッ、あッ、あぁッ、あァあああぁッ♥　もうらめっ、らめらああッ！　ああッ、あああぁッ、あは、あはぁッ♥　イクッ、イックうううぅぅ～ッ！」

「はァ、はァ、はァ、こっちも出すぞっ……！　このまま俺といっしょにイクんだ！　相性バッチリの恋人みてえにな！」

俺は射精寸前のペニスを限界まで激しく抽送し、イコと自分自身を追い詰める。

「ひィィ～ッ！　ンひィィィ～ッ！　そんな、そんな、恋人だなんてえぇぇッ！　そんなの完全にヘンタイぃぃ～ッ！　ひッ、ひッ、ひァあああッ、あああアッ、あはァあああああ

アアア～ン♥」

「そうだっ！　俺のチンポでまた変態アクメをキメやがれっ！　ううううぅぅぅっ……！」

「ああァ～ッ！　あああああァァァ～ッ！　まッ、まッ、マジで、マジでヘンタイにされるうッ！　こいつのチンコでヘンタイにされるううッ！　うああッ、あはッ、あああァァア～ッ♥　イックぅうううぅウゥウ～ッ！」

びゅぶぶぶぶぶぶぶッ！　びゅるるるるる！　どびゅびゅ！　どびゅびゅッ！　ぶ

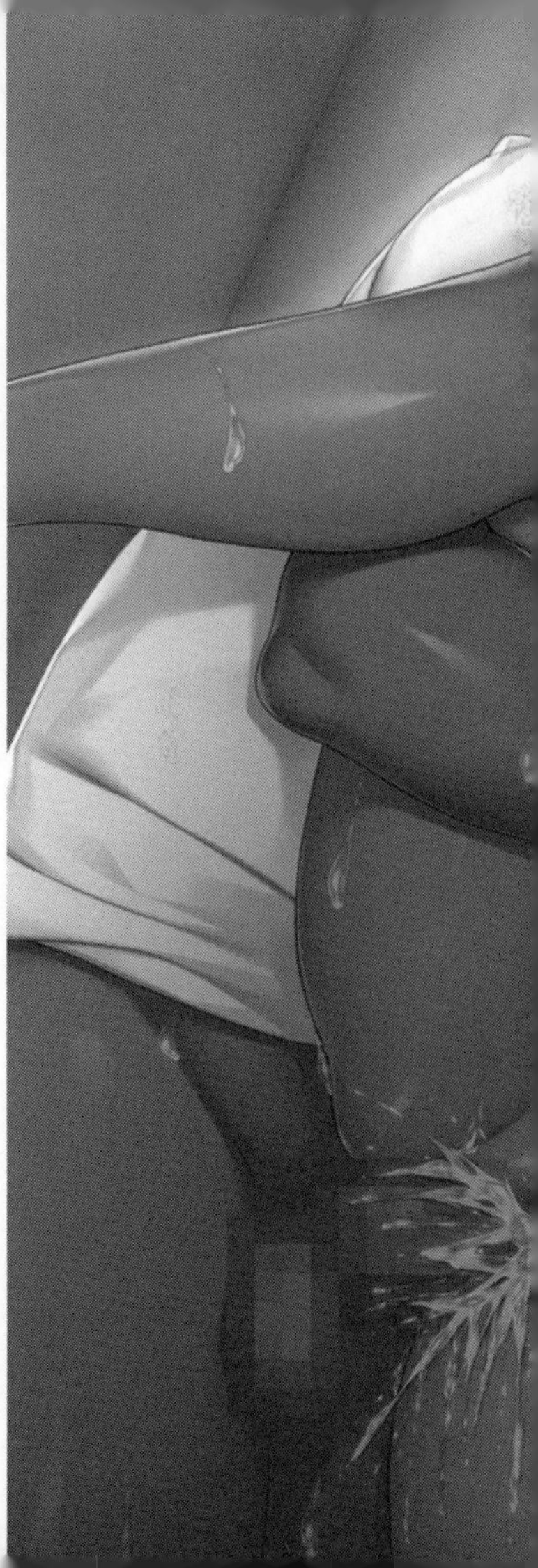

びゅびゅびゅびゅ！　ぶびゅうううぅぅぅ～ッ！

「うはァあああああン♥　すッ、すごッ、すごォおおおおッ！　ザーメンっ、ザーメンすごいィいいいいィ～ッ！　熱いザーメンが、奥にすッごい出てるうううぅぅぅ～ッ！　うはッ、うははッ、ンはァあああ♥　イクぅううううぅぅぅ～ッ！」

俺が中出しすると同時に、イコも絶頂に達する。

「ううウッ、うほ、ンほ、ンほォおおおッ♥　ヤバいッ！　ヤバいィいいいッ！　うあッ、セックスヤバ過ぎるううぅ～ッ！　うッ、うううッ、うぐ、イグッ！　イッグぅうううううぅぅぅ～ッ！」

イコの膣肉にチンポをきつく絞り上げられ、俺はさらなる精液を放つ。

「うはッ、はァああああン♥　まっ、まだ出てるッ！　まだザーメン出てるうううッ！　うああああッ、ダメッ、ダメええッ！　こんなに出されたらダメになるうウッ！　うあッ、あはァああああン♥　アタシ、マジでダメになっちゃうううぅ～ッ！」

「お前のマンコが気持ち良過ぎるからだろうが！　ちったあ反省しろっ！　くうううぅぅ……っ！」

自らの股間をイコの秘部に密着させ、しつこいくらいに射精し続ける。

「うぐぐぐッ♥　うッ、うほッ、ンほ、おほォおぉおッ……♥　う、う、ウソ……ウソだ……はぁ、はぁ、はぁ……こんなのウソだぁぁぁ……♥アタシが……はぁはぁ、サキュバスのアタシが……あぐ、うぐぐぐ……こんな一方的にぃぃぃ……♥」

「はぁっ、はぁっ、はぁっ、はぁっ……！　ううぅぅぅ……やべえ……二回目なのにすげえ出た……」

その場にへたり込みそうになるのを、俺は何とか両足を踏ん張って堪える。

「へへ、へへへへへっ……お前のほうも派手にイッてたな。どうだ？　今の気持ちは」

イコの耳元で囁きつつ、汗ばんだ乳房をムニムニと弄ぶ。

「ううぅぅうっ……うっ、うるさいっ、バカぁぁ……はぁ、はぁ、はぁ……♥　っ……次は……こうはいかないからなっ……！」

「次？　次ってことは、また俺とセックスするつもりなわけだな？」

「なっ――ち、違うっ！　そういうつもりで言ったんじゃねえ！　次にナメたマネをしたらこの角で突き殺してやるって言ってんだ！　いいから早くアタシから離れろっ！」

「フン……分かったよ。殺されたらお前のマンコを味わうどころじゃねえからな」

俺は名残を惜しみつつ、イコの膣内からゆっくりと肉棒を引き抜いた……。

第三章　牝豚サキュバス緊縛調教

　そして翌日——俺は、今度はルクに居残りを命じた。

「どうしてわたくしが補習を受けなければなりませんの？　納得いきませんわ！」

「どうしてってお前、俺が出した数学の問題をひとつも答えられなかったじゃねえか。確率計算どころか分数の加減乗除すらもできなかったろ？」

　ふくよかな頬をさらに膨らませて怒るルクに、俺は冷たく言い放つ。

「分数とやらの計算なんて下賤なこと、召使いにさせればいいんです！　わたくしたち高貴な身分の者には不要なことですわ！」

「おいおい、それじゃあケーキを姉妹で分けるときはどうすんだよ」

「わたくし、ケーキを分けるなんて貧しいこと、これまでしたことありませんわ。いつも一ホールまるまる頂いてるんですもの」

「——もういい、分かった。とりあえずルクは数学じゃなく算数の勉強が必要だな。居残り補習で基礎の基礎からみっちり教えてやる」

「そんな……！」

「へえ〜、今日はルクが居残りねえ」

俺たちのやり取りを聞いていたイコが意味ありげな笑みを浮かべる。

「それじゃあルク、せいぜいこの変態オヤジに負けないよう頑張るんだな」

「へんたい……？」

ルクが不思議そうに首を傾げる。だがイコはそれ以上は何も言わず、帰り支度を始めた。

「そ、そうですわ、イコさんも残ってくださいな。わたくしだけ補習だなんて不公平です！」

「ヘッ、昨日はとっとと先に帰ったクセによく言うぜ」

そう言い残して、イコが教室を後にする。

「ああ、イコさんたら、お待ちになって！」

「おいルク、居残りだって言っただろ。帰ろうとするんじゃねえ！」

俺は懐からブルーベルを取り出し、鳴らす。

「えっ⁉ な、何ですの？ 体から力が……」

イコを追うように椅子から立ち上がりかけていたルクが、ボリュームのある尻を再び座面に落とす。

「これはもしかして、ブルーベルの力？ どうして先生が監督官さまの鈴を持っているんですの？」

「いいからそこを動くな。これからみっちり補習をしてやる」

「うぐ……ひ、必要ないですわ。オルクス家の名にかけて、そんな屈辱は受け入れられません！」

「フン、数学だの算数よりも、まずはお前の性根を正してやるのが先みたいだな」

俺はこんなこともあろうかとあらかじめ用意していたロープで、ルクの手足を椅子に縛り付けていく。

「あっ……な、な、何をされるつもりですの？　痛い、痛いっ……！」

ルクは身をよじるが、それ以上の抵抗はしない。ブルーベルの持ち主である俺の「そこを動くな」という命令に逆らえないのだろう。

「オラッ、頭が高いんだよ！　もっと頭を下げろ！」

「あううぅぅっ……！」

手足を完全に縛り付けてから、ルクの頭部を強引に下げる。ちょうど顔が俺の腰の高さに来るような姿勢だ。

「うぐ……な、何て格好をさせるんですの……？　本当でしたら、今ごろお店に行って新しいお菓子を探しているところですのにっ……！」

「お前そればっかだな。だからそんなだらしねぇ体つきになるんだぞ」

「あら……殿方はこういう体型のほうがそそられるんでしょう？　お母さまやお姉さまもそう仰《おっしゃ》ってましたわよ」

ルクは自らのムッチリとした体にかなり自信を持っているようだ。だが確かに、彼女のプロポーションには牡の本能を刺激するだけの魅力がある。

「ふう……お菓子のことを考えていたらお腹が空いてきました。先生、鞄の中にクッキーが入ってますので、口元に持ってきてくださいな」

「何がクッキーだ。お前らの主食はこっちだろうが！」

俺はすでに勃起しているイチモツを露出させ、ルクの鼻に押し付ける。

「ふがっ……！　く、臭いっ……臭いですわっ……！　はぁ、はぁ、先生、ちゃんとお風呂に入ってますの⁉」

「何だよ、お前らサキュバスはこの匂いが好きなんじゃねえのか？」

俺は豚鼻に歪めたルクの鼻に、恥垢に汚れたペニスの先端をこすり付ける。

「えぷぷッ、ンは、ンはぁぁぁッ……！　す、好きだなんて、そんな……そんなことぉ……はふ、はふッ、ンふ、はふぅ……確かにわたくしたちは、殿方のザーメンを糧《かて》にしてますけど……ンぷぷっ！　でも、この匂いは下品すぎますわっ……！」

「ケッ、気取ってんじゃねえよ！」

俺はわざとルクの鼻の穴の周辺に滲み出たカウパー汁を塗りたくる。

「ンあぁぁっ……い、いいからおやめなさいっ……！　こんなことでわたくしが喜ぶなんて思ったら大間違いですわよっ！　レディーに対するエチケットがなってませんわ！」

「何がレディーだ。ブタそのもののマヌケ面をさらしやがってるくせによぉ！」

「ぶ、ブタですって⁉　女王陛下の信任も厚いオルクス家の一員に対して何てことを仰るの⁉　人間のほうこそ、わたくしたちサキュバスにとっては家畜も同然ですのにっ……！」

「何が家畜だ、この牝ブタが！」

俺はすっかり力を漲らせた肉棒をいったん引き、ルクの顔に叩き付ける。

「あぶっ！　な、な、何っ⁉　何ですのっ⁉　わたくし、オチンチンで……オチンチンで顔を叩かれて……」

よほど驚いたのだろう、ルクが見開いた目を白黒させる。

「オラ、オラ、オラッ！　どうだ、少しは思い知ったか⁉」

俺はいきり立った男根を左右に動かし、ルクの顔を往復ビンタする。

「あうっ！　うううううっ！　ンあああっ！　や、やめなさいっ！　うぷ、ンうううぅッ！自分が何をしているか分かってますのっ⁉」

ベトベトした腺液で汚れたルクの顔が、次第に紅潮していく。

「わたくしの高貴な顔を——うぶ、うぶぶぶっ！　こ、こともあろうに、オチンチンでぶつなんてっ……あ、ああッ、ンああッ、やめてっ！　やめてぇ～っ！」

「おいおい、この顔の赤くなり方は叩かれたせいじゃねえだろ。チンポビンタされて興奮してんのか？」

　俺はなおもルクの顔にビタンビタンと勃起したペニスを叩き付ける。

「なっ――――ンああッ！　そ、そんなはずありませんわっ！　あうっ、あううっ！　こんなひどいことをされて高ぶるなんてっ！」

「へへへ、だいぶいい面になってきたじゃねえか。牝ブタっぷりがさらにアップしてるぜ」

　俺はチンポでルクの顔を叩くのをやめ、再び亀頭を鼻に押し付ける。

「ンおおぉぉ……♥　す、すごい……スンスン、すごい匂いですわ……はぁっ、はぁっ、ンはあぁぁ、さっきより臭いぃぃ～♥」

　ルクのぽってりとした唇から漏れる声が、甘い響きを帯びている。

「あぁぁ～ン、臭い、臭いですわぁ……はふ、むふ、むふぅン♥　それにさっきよりももっと膨らんで……熱くなってぇぇぇ……こ、興

奮なさってるのは先生のほうではないですかっ……！」

「お前のブタ面がエロ過ぎるからだろ！　責任取ってもらうぞ！」

「うううううッ……ンぐ、ゴクッ♥　お、オチンチンがおっきくなった責任を取らせるだなんてぇ……わたくしにおしゃぶりをさせるつもりですのねぇ……♥」

無意識なのか、それとも我慢できなくなったのか、ルクが俺の男性器に向かって舌を伸ばす。

「ふぅ、ふぅふぅ、いいですわ……今までのことは許して差し上げます……はァ、はァはァ、ちゃんとザーメンを提供してくださるんでしたら、先生のオチンポをおしゃぶりして差し上げますわぁ……♥」

「ヘッ、何がして差し上げるだ。お前みたいな落第サキュバスが俺のチンポを満足させられるのか？」

俺は肉棒の先端をいっそう強くルクの鼻に押し付ける。

「ふがが っ……！　と、当然ですわっ！　ですから早くオチンポを鼻からどかしてくださいっ……！　わたくしの口に――高貴な口マンコに、先生のペニスを差し出すのです……！　はッ、はッ、はッ、ンえっ、えええええぇぇっ……！」

ルクが湿った吐息をつきながら無様なほどに舌を突き出す。

「よーし、そこまで言うならやってみろ」

俺は少しだけ腰を後退させ、ルクの口元にいきり立ったイチモツを差し出してやる。

「えぷッ、ねぶぶぶッ、よ、ようやくその気になったんですのねっ……ねるるッ、ねぷぷッ……！　わたくしのテクニックで、あっという間にザーメンミルクを出させてあげますわよっ……ねろっ、ねちゅちゅ、ねぶ、ねるろろッ！」

ルクが男根の表面に舌を這わせ、漏れ出たカウパー汁を舐め取る。

「へぶぶ、ンぷふぅぅ……うあああっ、な、何て濃厚な味っ……！　ねちゅ、ねぶぶッ、ンふぅ……これが本物のオチンポ……？　ンちゅ、ちゅばっ、ぶちゅちゅっ♥　舌が止まりませんわ……ぬぶぶぶぶ、ンぶちゅぅッ……！」

ルクの舌が下品に動き回り、ペニスに唾液を塗りたくる。

——だが、それだけだ。確かに舌の動きは激しいが、まるでツボを心得ていない。

「おいおい、何だその気合の抜けたフェラは。このヘタクソが！」

「なっ……！　へ、ヘタクソだなんて、そんなはずありませんわ！　わたくし、ディルドーを使った実技演習では完璧な成績を修めましたのよ！　劣等生のイコさんとは違うんです！」

「フン、どうせ成金お嬢様だからって手心を加えられたんだろうよ。お前の寝ぼけたフェラに比べりゃあイコの手コキのほうがまだ興奮したぞ」

「うぐっ、何てことを——そこまで言われたら引き下がれませんわ。わたくしの奥義を見せて差し上げます！　はむッ、むぐぐぐぐっ……！」

ルクが口を開け、俺の肉棒を咥え込む。

「ンふ、むふ、むふぅ、そ、それれは、わたくひのお口マンコれ天国につれていってあげまふわっ……！　ぬぽ、ぬぽッ、ぐぽ、ぐぽぽッ……！」

ルクがぽってりとした唇でペニスを締め付け、首から上を前後させ始める。

「ンぶぶ、ぬぶぶッ、ぬぽ、ぬぽッ、ちゅぶぽッ……ンはあぁぁ……本物のオひンポ……お、おいひいいぃ……♥　ぬぶ、ぬぶちゅ、ぶちゅ、ぶッちゅッ……！　頭がクラクラひちゃいまふわぁ……ねぶりゅりゅりゅッ♥」

ルクが生温かい口全体を使ってペニスを扱《しご》く。

さらには口の中で弾力豊かな舌がウネウネとうごめき、肉竿や王冠部分のあちこちを愛撫してくる。

「ンぶちゅ、ぶちゅ、ぶぶちゅ、うぶ、ンぐぶッ、く、口の中にくっさいオツユがピューピュー出てまふわよっ！　じゅるるるッ！　こ、これれもヘタクソらなんておっひゃるつもりれふのっ!?」

「うく……確かにただ舐められてるときに比べりゃあ、多少はマシだな。けどよ——」

「ンむぐぐぐッ！」

俺は前屈みになり、ルクの服のボタンを引きちぎるようにして胸元を開いてから、その乳房を鷲掴みにする。

「お前、俺のことより自分が楽しむほうを優先させてねえか？　どうなんだよっ！」

手の中に収まりきらないほどに巨大な爆乳を、俺は乱暴に揉みしだく。

「うぐ、うぐぐ、い、痛い……痛いですっ……ンう、うぅぅ～ン♥　おふ、おふぅ……おやめになっへぇぇ……へぶぶ、むぐぐぐッ！」

「うっせえな。お前もサキュバスの端くれなら、乳を揉まれたくらいでフェラを疎かにするんじゃねえっての！」

「ンむ、ンむむッ、べ、べつにおろそかになんてひてまへんわっ！　ンむ、むぐぐ、ふぶッ、ンぶちゅうぅぅッ……！　たとえオッパイを揉まれたっへ、わたくひのフェラの冴えはおとろえまへんものっ……！」

ルクが悩まし気にその体をくねらせながらディープスロートを再開する。

肉棒内に着実に快感が溜まっていくのを感じつつ、俺はルクの柔らかな爆乳を乱暴に揉みまくる。

「ンぐ、むぐっ、むぶぶぶぶ――ンううぅ～ン♥　そ、そんなに強く揉まないれくらふぁいっ……！　ふぐ、ふぐぐッ……！　お口マンコに集中できまへんわっ……！　ふーッ、ふーッ、ふーッ……♥」

力を込めて胸を捏《こ》ね回《まわ》せば捏ね回すほど、ルクのフェラチオは拙いものになっていく。

「何だお前、この状況に興奮してんのか？」

「そんな——ンぐッ、そんなわけありまふぇんわっ！」

言葉の内容に反し、俺のペニスを頬張ったルクの顔には明らかな欲情の色が浮かんでいる。

これはただ興奮しているという顔じゃない。もっとアブノーマルな愉悦に浸っている表情だ。

ルクの奴、もしかすると——。

「チッ、こんなんじゃらちが明かねえ。勝手にお前の口を使わせてもらうぜ！」

俺は左手でルクの頭部を固定し、思い切り腰を突き出す。

「うぐッ⁉　ぐぶぶぶぶぶッ！　ンぶッ、げぶぶぶぶッ！」

亀頭で圧迫されたルクの喉奥から、苦しげな声が漏れる。

「オラッ、ちゃんと唇を締めろ！　歯を立てたりしたら承知しねえぞっ！」

ルクの鼻に下腹部をぶつけるようなつもりで、そのまま乱暴に腰を使い始める。

「な、何を——うぶぶッ！　何をなさってまふのッ⁉　ふぐぅうぅッ！　わ、わたくひの口を——おぐぐぐッ！　ま、まるで道具のように扱っへッ！」

「へッ、お前の口マンコなんざオナホール扱いするしか役に立たねえんだよ！　オラ、オラ、オラッ！」

俺はさらに腰の動きを大きくし、イチモツをルクの喉に好き勝手に出し入れする。

「おぶ、おぶぶ、うぐ、おェえええぇッ！　お、オルクふ家の一員たるわたくひが——あぶぶ、うぶぶぶッ！　こんな、こんなひどい目にぃぃ……ッ！　ンうッ、うッ、うむむむ、むぐぐ、むふううぅ～ン♥」

ルクの顔がさらにだらしなくトロけ、肉棒の出入りする口から甘たるい呻き声が漏れる。

「へへッ、思った通りだぜ……。お前、相当のドMだな！」

「え、え、エムっへ——マゾのことれふのっ⁉　ンぶ、おぶぶ、ぐぶぶッ、ぶはッ！　そんらこと、絶対にありえまへんわっ！　はぐぐぐぐッ！」

「へぇ～、だったらどうしてチンポで喉を塞がれてんのにそんな嬉しそうなんだよ」

「ぐぶぶぶぶぶ——ぶはああぁッ！　はぁッ、はぁッ、う、嬉ひほうだなんてっ……はふ、むふううぅッ♥　そんなわけありまふぇんっ！　こんなに喉を乱暴に突かれて、う、嬉ひいらなんてぇ——えぶぶぶぶ、むううぅ～ン♥」

すっかり上気した肌にどっと汗をかきながら、ルクが愛しげに俺の肉棒に吸いつく。

「ンぶ、ぬぶぶぶッ、ンぶちゅッ！　こんなひどいことをされへ喜ぶサキュバスなんて、いるわけありまふぇんわっ！　そんらの、そんらのっ——うぶぶぶッ！　そんらのヘンタイれふものッ！　ンちゅ、ねぶぶぶ、むふううぅ～ン♥」

「チンポに思いっきり吸いついといてよく言うぜ！　こうやって乱暴にされんのがたまら

ねえんだろうが！」

　俺は自らの下腹部をルクの顔面に勢いよくぶつけつつ、いっそう激しくその巨大な乳房を揉みしだく。

「うぶ！　うぶッ！　ぶぷッ！　ンぶぷッ！　く、苦ひれふわッ！　おぶぶ、ぐぶぶぶッ！　い、息がれきないいッ！　ぶふううぅ～ン♥」

　ルクのぽっちゃりした体から、汗の匂いとともに発情した牝の臭気がムワムワと立ち昇る。おそらくスカートの中で大量の愛液を溢れさせているのだろう。

「ブタみてえな声で鳴きやがって……オラッ、このままパイオツを握りつぶしてやる！」

「うぅううううッ♥　な、何て、何てひどいことをおっひゃるのぉ……っ⁉　うッ、ううううッ、むふううぅ～ン♥　こんなひどい目に遭うの、生まれて初めてれふわあぁ～ッ！」

　ルクの口元から粘っこい唾液がダラダラと溢れ、形を歪めた大き過ぎる乳房の頂点で乳首が浅ましいほどに勃起する。

「このドスケベなマゾブタが！　イラマチオでマゾアクメさせてやるっ！」

　俺はさらに抽送のピッチを上げ、ルクの口腔を激しく犯す。

「ぶぽ、ぶぽッ、ぶぽぽ、ンぽッ、ぶほおぉッ！　おッ、おおおおッ♥　何これっ⁉　何でふのおおっ⁉　お口マンコが、ホンモノのオマンコみたいに感じへえぇッ♥」

ルクの生臭い淫声が、ドロドロになった口内の感触とともに俺を高ぶらせる。

大量の熱いザーメンが腰の奥から迫《せ》り上《あ》がり、ルクの口を蹂躙するチンポの中に充填されていく。

「くうううぅ、そろそろ出そうだっ……ふうっ、ふうっ、こっちのタイミングで出すからちゃんと喉マンコで受け止めろよ！」

「ンぶぶぼぼぼぼッ！　な、なんへ方れふのおおっ！　おぶ、うぶうううッ！　わたくひのこと、とことん道具扱いふるつもりれふのねえっ！」

よほどマゾ性を刺激されたのか、ぞくぞくぞくっ、とルクの体に震えが走る。

「むふぅ～ッ、むふぅぅ～ッ♥　ンあああぁッ、だ、出されひゃううッ！　お口にザーメンミルク出されひゃうううッ！　むふううぅン♥　わたくひの高貴なお口が、人間なんかのザーメントイレにされひゃううぅ～ッ！」

ルクの唇がますます貪欲に肉棒に吸いつき、ヌメヌメとした快感をさらに高める。

熱い血液と精液でパンパンになったイチモツが、ルクの舌と口腔を蹂躙し、唾液を飛び散らせる。

「出るぞ、出るぞ……うぉおおおおおおおっ！」

ルクの口腔から喉奥に、ドロドロのスペルマがビュルビュルと勢いよく迸る。

びゅるるるるるるるるッ！　ぶびゅびゅッ！　びゅるるぶびゅびゅびゅううッ！

「うぷぅうううううッ！　ふぐ、ふぐぐッ、ンぐ、うぐぅうううッ！　出へるッ！　出へるうぅ～ッ！　うぐぐッ！　お口マンコの奥にミルク出へるのぉぉ～ッ！　おぶぶぶぶ、うぶううぅッ！」

俺のモノを口の中に収めたまま、ルクがくぐもった悦びの声を上げる。

「うぐ、うぐぐ、むぐぐぐぐ――ンぐ、ンぐぐッ！　むふ、むふ、むふううぅ♥　げぷっ、こ、濃いぃ……ッ♥　喉に引っかかっひゃうぅ～ッ♥」

「オラッ、まだ出るぞ！　ちゃんと飲めよ！　うううぅぅっ……！」

「ンぐ、ンぐッ、ンぐ、ンぐぐッ、うぶぶ、ぶぷぷううッ！　ふごいッ、ふごいイッパイ出へるううっ♥　ゴク、ゴク、ゴクッ……ンぐ、ゴクッ、ゴキュキュッ！」

ルクが下品に喉を鳴らしながら口の中に飛び散る精液を飲み込んでいく。

嚥下《えんげ》の際の舌と喉の生々しい動きが、極限まで敏感になったペニスを刺激し続ける。

「うううううぅぅっ……」

俺が全てを出しきった後も、ルクは肉棒を咥えたままだった。

「じゅぷ、じゅぷッ、ねぶぶぶ、むぢゅぢゅうぅ～ッ♥　ンふぅ～ン、むふぅ～ン……お、お、おいひいいぃぃ……♥　ぬぢゅッ、ぢゅろろろろッ……！」

「くううっ……いつまでチンポしゃぶってやがる、このスケベ豚女っ！」

まだ強張ったままのペニスをルクの口から引き抜き、その鼻に改めて押し付ける。

「ふがっ、ンはあぁぁぁぁ……♥　こ、これが、わたくしをイかせたオチンポ……はふッ、はふ、はふぅぅ……わたくしのお口マンコをアクメさせたチンポぉぉ……♥」

ルクが舌を突き出し、唾液と精液にまみれた肉棒をなおも舐めようとする。

「オラッ、いつまでもしゃぶろうとしてんじゃねえよ。次は別の穴を味わわせてもらうからな！」

「べ、別の穴……？」

「サキュバスのくせにんなことも分からねえのかよ。ったく察しがわりぃなあ！」

俺はいったん腰を引き、ルクの体を椅子に戒める縄を手早くほどく。

「あううううっ！　も、もう乱暴はおよしになってっ……！」

ルクの抗議を無視し、そのスカートとショーツをむしり取るように脱がしてから、手足を机の足に縛り付ける。

「ヘッ、なーにがおよしになってだ。ぜんぜん抵抗しやがらなかったくせによぉ」

「そ、それはだって——まだ体がうまく動かなかったからですわ……」

「嘘つけ。これからされることを期待してたんだろ？」

「うっ……そんなことありませんわ。こんな扱いを受けて期待するようなサキュバスなんていません！」

「それじゃあお前はサキュバスの中でも例外的なドMってわけだな」

「違いますわ！」

ルクがそのムッチリとした体を揺すり、机の足がガタガタと音を立てる。

「こんなことしなくても、わたくしちゃんと先生のオチンチンからミルクを搾り取ってみせます！　ですからこの縄を早く解いてください！」

「搾り取るだあ？　お前のテクなんかに期待してねえよ！」

そう言いながら、俺はルクの股間に手を伸ばす。

「でもまあ、マンコの具合そのものは良さそうだな。こんなにヌルヌルになってるし――特大オナホールとして使ってやるから感謝しろよ」

すでに大量の蜜で潤んでいるクレヴァスを、俺は指で上下になぞる。

ただそれだけの刺激でさらなる愛液が溢れ、あっという間に俺の指をコーティングしていく。

「うぐぐっ……ま、また物扱いしてっ！　オルクス家の一員たるわたくしを何だと思ってますの？」

「フン、口ん中をチンポで犯されながらマンコを濡らすようなマゾブタだろ？」

「あ、あれは……そう、あれは演技ですわ！　先生のザーメンをお口に頂くために演技をしていただけです！」

「それじゃあどうしてこんなにマンコがグチョ濡れなんだよ！」

俺はルクの大ぶりのクリトリスを指でグリグリと刺激する。

「うぐぐぐッ！　それくらい、濡れたうちになんて入りませんっ！　わたくしたちサキュバスは、人間を快楽に溺れさせる種族——うううッ！　自分たちが快楽に溺れるようなことはありえませんわっ！」

「マンコ穴を物欲しそうにパクパクさせてるくせにか？」

「そんなふうになってるわけありませんわ！　デタラメを仰らないで！」

「デタラメとは恐れ入ったな」

俺はルクの膣口に指をゆっくりと沈めていく。

「あぐぐぐぐっ……うううッ、うぐぅうううぅぅぅ〜ッ♥」

「ドエロい声を上げやがって。これでもまだ感じてないとか言うつもりか？」

「え、ええっ……！　ふぅ、ふぅふぅ、そんな簡単に感じたりなんてするわけがありません！」

「これだけマンコを熱々にしといてよく言うぜ！」

俺は膣内に挿入した指を軽く曲げ、クリトリスの裏側に当たる場所をこすってやる。

「うああッ、やァあああァア〜ッ！　そんな、そんなッ——ンああッ！　そんなの卑怯ですうッ！　うひぃいいぃ〜ン♥」

「なーにが卑怯だ。Gスポ責めくらいで音《ね》を上《あ》げてるんじゃねえよ！」

俺は指の動きをさらに激しくし、ルクの敏感な箇所を容赦なく刺激し続ける。

「やッ、やめッ、やめてッ、えひぃいいいいいン！　やめてくださいッ！　イヤぁああァ〜ッ！　あ、あ、あッ！　ダメですわっ！　そこはダメですのおっ！」

ルクのみごとな巨尻が左右にくねり、またもや机の足がガタガタと鳴る。

「ほ、ホントにッ、ホントにダメッ！　このままだとわたくしぃいッ——うぐッ、うぐぐッ、ううううぅぅぅ〜ッ！」

ルクが切羽詰まった喘ぎ声を上げ、その体が絶頂の予感におののく。

「わたくしッ、わたくしもうッ——うァあああン！　あッ、ああッ、あァあああッ、イヤぁあああァァァ〜ッ！」

「フン、そこまで言われちゃしょうがねえな」

俺はヒクヒクとおののくルクの膣洞から指を引き抜く。

「うああああッ!?　あ、ああッ、あぐぐぐ……ううッ、ど、どうして……？」

「さんざんやめろやめろうるせえから言う通りにしてやったんだよ。何か文句があるか？」

「それは、その、ええと——」

ルクが口ごもりながら視線をそらす。

「してほしいんだったらちゃんとそう言えって。俺も鬼じゃねえからお願いくらい聞いてやるよ！」

俺はルクの牝穴に再び指を挿入する。

「うはァあああン♥」

「オラオラオラッ、愛液が溢れまくってるじゃねえか！」

独特のざらつきのあるGスポットを、俺はさっき以上の激しさで愛撫する。

「ううッ、うううッ、うぐぐぐ……せ、先生っ……ふぅ、ふぅふぅ、指だけでいいんですの……？　あふ、あふぅぅン！」

「ん？　何が言いたいんだ？」

「で、ですから……本当は——はふ、はふッ、ふううぅン♥　本当はオチンチンを入れたいんでしょう……？　うううッ、か、隠さなくてもいいんですのよっ！」

「チンポを突っ込んでほしいのはお前のほうだろ！」

グチュグチュという卑猥な音を響かせ、俺は手マンを続ける。

「そんなことっ……ンく、ンううッ、そんなことありませんわっ！　でも、でもっ、先生がどうしてもと仰るなら、わたくしのオマンコに入れてもいいと——おあぁンッ！　そう申し上げてるだけですっ！」

「入れてもいいだと？　こんなザマを晒しといてナメたこと言ってんじゃねえ！」

俺は中指と薬指の二本の指でルクのGスポを刺激しつつ、クリトリスを親指でまさぐってやる。

「うァあああァ～ッ！　そこッ、そこを同時になんてええッ！　あッ、あぁン、あああッ、やはァあああああァァ～ン！」

ルクの下半身がビクビクと上下に跳ねる。

「はううッ、ンうううぅぅッ！　待って、待って、イッちゃうッ！　今度こそイッちゃいますわあッ！　ああッ、あああアアアッ、あはァあああァ～ン♥」

「おっと、そう簡単にはイかせねえぜ」

俺はまたも指を引き抜き、ルクに尋ねる。

「えっ？　えっ？　あああぁぁぁッ、ひ、ひどいぃぃ……うううぅぅぅ～ッ」

絶頂し損ねたルクがもどかしげに全身を悶えさせる。

「イかせてほしいんだったらちゃんとお願いするんだよ。私のダメマンコをイかせてくださいってな」

「ううっ……わたくしオマンコはダメなんかではありませんわ！　殿方をきちんと射精に導く誇り高いオマンコですのよ！」

ルクが俺をキッと睨みつける。

「むしろ先生のほうこそ、わたくしのオマンコにオチンチンを入れたらあっという間に射精するに決まってますわ！　それこそ瞬殺ですわよっ！」

「ケッ、よく言うぜ！」

俺は右手の人差し指、中指、薬指を揃え、ズブリとルクの膣内に挿入する。

「ンうううぅッ！　ま、また指でなんてっ——ンぐッ、うぐぐぐッ！　き、きっと、すぐに出してしまうのが心配なんですのね？　ふうッ、ふうッ、だからオチンチンを入れようとなさらないいんでしょうっ！」

「そっちこそ、セックスしてほしいんだったらちゃんとオネダリしろ！　オラッ！」

俺はミッチリと肉の詰まった蜜壺の中で、指をグネグネと動かす。

「うァあああッ！　やめてッ！　やめてェエ～ッ！　そんなに乱暴に掻き回されたらァあああッ！　あッ、あッ、あッ、あうぅぅ～ン♥」

「相変わらず感じまくりじゃねえか。こんなだらしねえザコマンコでよく俺を挑発できたもんだな」

俺がズボズボと指を出し入れするたび、粘っこい愛液が膣穴から漏れ溢れる。

「わ、わ、わたくし、感じてなんかアアアッ！　あは、あはン、ンあぁッ、あひィいいィ～ン♥」

「そんな甘ったるい声出しといて何言ってやがる！　オラッ、マンコの中をグチャグチャにしてやるぜ！」

肉壺のあちこちに指の腹を押し付けつつ、俺は手マンの動きを激しくする。

「うひィ～ッ！　ひィィ～ッ！　ダメですッ、ダメですううッ！　うぐぐぐッ♥　今度こそイッちゃううッ！　うひッ、ひィいいいいン！　わたくし、アクメしてしまいますううぅ～ッ！」

「だからイかせねえって言ってるだろ！　この学習能力ゼロのバカマンコが！」

俺は愛液まみれになった手を乱暴に引っ込める。

「うァあああああああッ！　あッ、ひ、ひどいッ、ひどいぃぃぃッ！　うぐぐぐぐ……何てひどい方なのぉぉッ……！　も、もう少しっ……もう少しでしたのにぃぃ……」

ムッチリと脂の乗ったルクの尻がもどかしげに左右に揺れる。

「サキュバスのくせに焦らし責めで音を上げてんじゃねえっての。普通は逆だろうが」

「うぐぐっ……そんな……そんなこと仰られてもぉ……ふぅ、ふぅ、ふぅ……」

ルクの下半身がさらに大きく揺れ、股間から糸を引いて垂れた愛液が振り子のようにブランブランと揺れる。

「イかせてほしいんだったらちゃんとオネダリすんだよ！　オラ、言ってみろ！」

「ううッ……うぐぐぐぐ……そんな……そんなことぉ……ンああぁぁっ……お母さま……お姉さまぁぁ……」

「そうじゃねえとこのままずっと生殺しにしてやるぞ。それでもいいのかよ。えぇ？」

「はぁ、はぁ、はぁ……ううッ……うぐぐぐ……あ、あのっ……あのっ……！　はぁ、はぁ、はぁ……」

ルクが、震える唇を開いては閉じるということを繰り返す。
「ううぅぅ……い、いか、イかせて……うううぅぅ……お願いします、イかせてくださ
い……」
「そんなんじゃ駄目だ。もっとスケベに媚びながら言うんだよ！」
「はううぅぅ……ええと、ええとっ……うぐ……わたくしのオマンコを……ふうふう、
わたくしのダメマンコを……あ、アクメさせてくださいっ……！」
夕日の差すがらんとした教室に、自らを犯してほしいという落第サキュバスの声が響く。
「お願いしますっ……！　ううっ……これ以上は、もうガマンできません……！　どう
かお情けを――ンううウッ、お慈悲を下さいぃ……！　むふ、むふうぅン♥」
「言ってる間にますますサカりやがって……マンコのスケベな匂いがますます強くなって
るぞ！」
「はううぅ……♥　い、言わないでくださいぃ……ふぅ、ふぅ、ふぅ、もうひどいこ
とは仰らないでぇぇ……はぅううぅ～ン♥」
自らの惨めさに興奮しているのだろう。ルクの声がますますとろけ、膣穴は大量の愛液
を垂れ流している。
「ふう、ふう、ね、ねえ、先生っ……ちゃんとオネダリしましたわっ！　ですから
早くイかせてくださいっ！　わたくしのオマンコに、先生のオチンチンをオハメになって

くださいっ！　先生のオチンポに、わたくしの処女を捧げますわあっ！」

「フン、何が処女を捧げるだ。サキュバスのバージンなんてそんな大したもんじゃねえだろうが！」

「うぐ──ひ、ひどいです……！　あんまりですわ、そんな言い方っ……」

「うるせえっ！　オラ、喰らえっ！」

俺はルクの巨尻に両手をかけ、グチョ濡れになっている膣穴にイチモツを突き入れる。

「ンほぉおおおおおおおおおおおおおおおっ♥」

「うぐっ──や、やべえっ……！」

信じられないほど肉厚な膣壁にペニスを包み込まれ、俺は思わず呻き声を漏らしてしまう。

「ンおッ、おッ、おほ、おほッ、おほおォ……♥　こ、これッ……これがセックスですのぉっ……!?　ンおおおお、おぐぅうううぅぅ……ッ！」

「熟女みてえな生臭い声出しやがって……どうだ、イッたか!?」

「ンふ、むふ、むふふ、むふぅううぅン♥　もう少しっ、もう少しですわっ！　あぐぐぐぐ……ッ！」

ルクが緊縛された体を懸命に動かし、チンポを咥え込んだ下半身を浅ましく揺する。

「お願いッ！　お願いしますうウッ！　うひ、ひいいぃン♥　このままオチンポをズボズボなさってッ！　わたくしのオマンコをいっぱいかき回してぇッ！」

「うるせえっ！　どうやってお前のマンコを楽しむかは俺が決めるんだよ！」

　このままピストンを開始するとすぐに射精に追い込まれかねない。俺は勝手に動きそうになる腰を必死に止め、いきり立った男根でしばしルクの膣内を堪能する。

　肉棒にピッタリと吸いついた膣肉がウネウネとせわしなく動き、俺にピストンしてもらおうと全力で媚びまくってる。

「ふぅ、ふぅ、ふぅ……よーし、それじゃあそろそろ動いてやるか！」

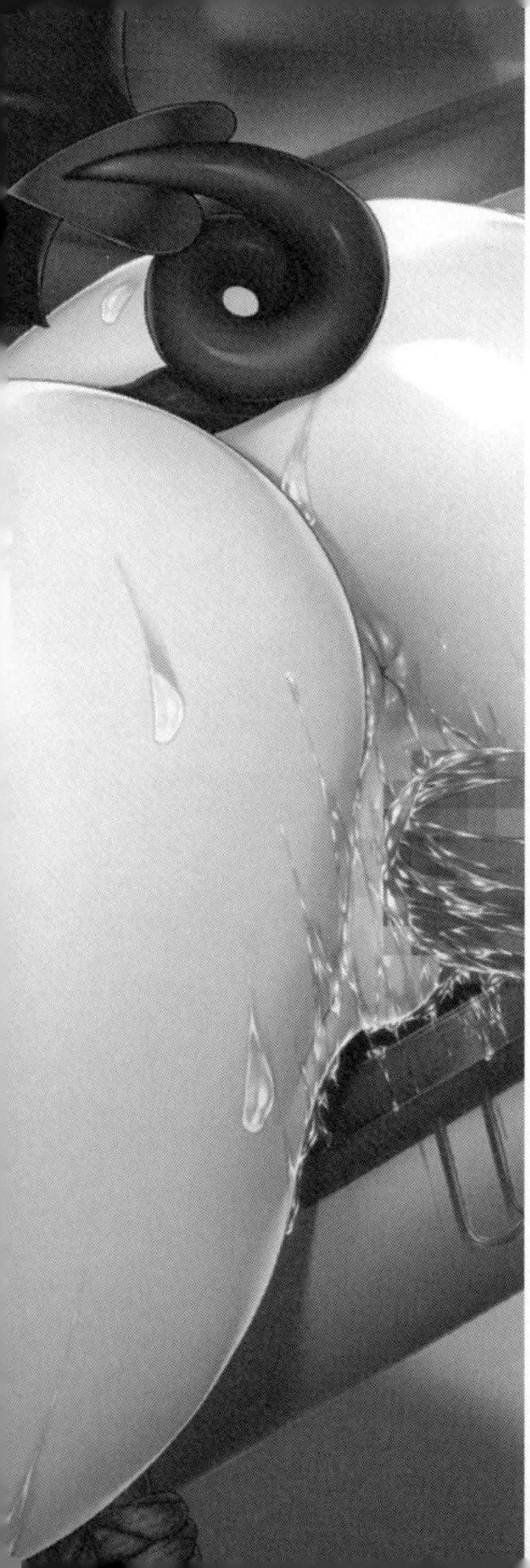

俺は股間に気合を入れ直し、最初からハードなピストンを開始する。

「おッ、おあッ、あううッ、うはァあン！　やっ、やあぁっ、すごいいいっ！　ひぐぐッ！　そんな乱暴にされたらあぁぁ～ッ！　あぐぅううううッ！」

「オラ、オラ、オラッ！　人間様のピストンくらいちゃんと受け止めやがれ！　サキュバスのくせにだらしねぇヤツだな！」

「はぅううううン♥　な、何てひどい言い方っ……！　うッ、うぐッ、うあぁッ、うァあぁン！　わたくしの家は、そこらへんのサキュバスとは違いますのよっ！」

「今さら何を強がってんだよ！　焦らし責めに負けて無様にオネダリしたクセによぉ！」

「あれはお芝居ですわッ！　はううッ、うくぅうううッ、それを本気にしたりして――ンううッ！　先生ったら、可愛いところがおありですのねっ！　うくぅぅッ！」

「そういうのは聞き飽きたぜ。だいたいこんなにマンコをドロドロにしながら言ったって説得力ねえんだよ！」

俺は突き込みの角度を変えつつ、腰を小刻みに動かす。

「あッあッあッあッあッあッあぁああアアアッ！　ま、またっ、またそこですのおおっ!?　ンおおッ、おァあぁあぁン♥」

ルクの甘たるい喘ぎ声にビブラートがかかる。

「あくッ、うくぅううン！　そんな、Gスポットばっかりッ――ひァあぁあッ！　何とかのひとつ覚えですわよおッ！　おぉあッ、あひいぃぃッ♥」

「ンだとコラッ！　それじゃあこっちを責めてやるよ！」

俺はコリコリとした子宮の入り口にペニスの先端を強く押し付け、ネチっこく捏ね繰り回す。

「うううぅぅぅ〜ッ♥　うあッ、うあッ、うあッ、ダメぇぇぇ〜ッ！　そこは、そこは敏感ですのぉぉ〜ッ！　おァあああアアアン♥」

ルクの白い肌がドッと汗を噴き出す。

「うぐぐッ、どうして、どうして普通にズボズボしてくださらないんですのおッ!?　おおッ、おああああッ！　変なトコロばかり刺激してェ〜ッ！　うひィいいイィ〜ッ♥」

「そんなんじゃつまんねえだろうが。お前のマンコの性感帯をチンポで探しまくってやるよ！」

「そ、そ、そんなぁぁ〜ッ！　ああッ、ああああアアッ、あはァああアン♥　ダメぇぇ〜ッ！　オマンコおかしくなるうぅぅ〜ッ！」

汗だくになったルクの体が机の上で悶え、その膣肉がギュムギュムと俺のモノを締め付ける。

「知らないいいッ！　こんなの知らないいいッ！　ひいッ、ひいッ、ひいッ♥　そんなトコロが気持ちイイなんてェエ〜ッ！　えひィいいイィ〜ッ♥」

「へへッ、どうせ指だのオモチャだのを出し入れするだけのオナニーしかしてねえんだろ。この落第サキュバスが！」

「あッ、あッ、あッ、あああァァ～ン♥　どうしてっ⁉　どうしてご存知ですのおッ⁉
おおおッ、おァあああァァ～ン♥」

「何だ、図星かよ」

膣口の入口、Gスポット、対向Gスポット、ポルチオ――俺はルクが絶頂しないように注意しつつ、膣内の感じる場所を執拗に刺激する。

「ひーッ♥　ひーッ♥　はッ、はッ、早くッ、早くオチンポ動かしてッ！　ピストンなさってぇえッ！　ううううッ、うぐぅううッ！　これではいつまでもアクメできませんわあッ！」

「何だ？　俺のチンポでイキたいのか？」

「うううッ、イキたいッ！　イキたいですわッ！　ンあああッ、当たり前じゃありませんかあああッ！」

俺のモノを咥え込んだ下半身をルクが必死になって揺すり、机の足がまたもやガタガタと音を立てる。

「だったらきちんとオネダリしろ！　うんとスケベに情けなくな！」

男根の先端をルクの子宮口に食い込ませながら、グリグリと腰をグラインドさせる。

「お――お願いっ、お願いしますッ！　うぐッ、ンぐぅぅッ♥　もうイかせてぇッ！　先生のおっきなオチンポで、わたくしのいやらしいダメマンコをいっぱいイかせてほしいんですうッ！　うァあああッ♥　このままだと狂っちゃううぅ〜ッ！」

「チッ、しょうがねえな！　俺のイチモツに感謝するんだぞ！」

俺はルクのムチムチとした巨尻を抱え直し、猛然とピストンを開始する。

「ンおッ♥　ンおッ♥　ンおッ♥　ンおおおオオオッ♥　すごいッ！　すごいィ〜ッ！　オマンコの奥に、硬いオチンポがドスドスってぶつかってるううッ！　うッひィいいいいイィ〜ッ♥」

「クソ、何だその動物みてえな声は！　ナメてんのか！」

ルクの恥も外聞もない喘ぎ声にますますペニスを膨らませながら、俺は荒々しく腰を使い続ける。

「ンうッ、ンおおおおッ♥　ど、動物っ⁉　動物ですってええっ⁉　ンあああッ、あぐぅうううッ♥　何てひどいコトを仰るのおおおッ⁉　喘ぎ方の授業では、みんなに可愛いって言われましたのにいッ！」

「何が可愛いだ！　そりゃあお前がお貴族様だからっておだてられてただけだろ！」

「ううう、うぐ、ふぐぅううううッ！　わ、わたくしを侮辱するんですのっ⁉　ンおッ、おおおッ、おあッ、あはァあああン♥　悔しいッ！　悔しいですわああッ！」

「まだそんなナメた口を利きやがるのか⁉　お前の腐ったお嬢様根性を叩き直してやるっ！」

俺はさらに抽送のピッチを上げ、膨れ上がった亀頭をルクの子宮口にドチュドチュと叩き付ける。

「ンおおおオオオッ、おひィいいいいいィィ～ッ♥　つぶれるぅ～ッ！　子宮つぶれるうぅ～ッ！　うぐ、うァあああン！　わたくしの大事な子宮マンコが、人間チンポにつぶされちゃううぅぅ～ッ！」

どこまでも柔らかいくせにミッチリと肉の詰まった蜜壺が、俺のチンポにたまらない快感をもたらす。

「た、た、助けてっ！　お母さまっ！　お姉さまぁぁ～っ！　あああアアアッ♥　イコさんっ――監督官さまああっ！　誰でもいいから助けてェエ～ッ！」

「何が助けてだ！　ここには俺とお前しかいねえんだ。このドスケベマンコをチンポでとことんまでいたぶってやるぜ！」

「うあああァァァ～ン♥　ダメぇぇぇ～ッ！　お、オマンコをいたぶるだなんてぇッ！　むふふ、むふううぅぅッ♥　こ、怖いっ、怖いですわあッ！　わたくしどうなってしまうのおォオ～ッ!?」

よほどマゾ心の琴線に触れたのか、ルクの膣壺が激しくウネりだす。

「うおおおッ!?　こ、このバカ女っ！　そんなにマンコを具合よくするんじゃねえっ！」

凄まじいまでの快感にさらされたペニスの中に、熱く煮えたぎった大量のザーメンが迫り上がってくる。

「うぐぐぐ……やべえ、このままじゃすぐ出ちまうっ……！　クソ、俺のセックスプランを台無しにしやがって！」

そのまま射精してしまいそうになるのを懸命に堪えながら、俺はやむなく最後のスパートに入る。

「ああああアッ♥　うァああアアァ～ッ♥　イクぅぅ～ッ！　イクううぅ～ッ！　オマンコもうイクッ！　イックうううぅぅぅぅ～ッ！」

ルクが絶頂に達し、その体がビクビクと派手に痙攣する。

「うあぁッ！　わたくしだけ先にイッてしまうなんてぇえッ！　何て、何て屈辱ですのおおッ!?　おおおッ、おッほォおおおおッ♥　あ、あ、頭がおかしくなりそうですわああッ！　あああアッ、イクぅぅぅ～ッ！」

ルクの膣肉がギュウギュウと俺のモノを圧迫する。

「うぐぐぐぐ、搾り取られるっ……！　ち、畜生っ、もっと楽しむつもりが——うあああぁッ！」

暴力的な快感が一線を突破し、いよいよペニスが限界を迎える。

「クソ、お前もイけっ！　俺に謝りながらイけ！　謝罪アクメしやがれっ！　うおおおおおおッ！」

汗ばんだルクの尻に腰を密着させ、そのまま膣内に欲望をぶちまける。

　ぶびゅッ！　びゅるるるッ！　どッびゅうううううううぅぅぅぅぅ〜ッ！

「ンほォおおおおおおおおおおッ♥　ミルクぅうううッ！　ザーメンミルク出てるうううううぅぅ〜ッ！　うひィいいいイィィィ〜ッ♥　オマンコいッくうううううゥゥ〜ッ！」

　凄まじい勢いで迸ったザーメンを子宮口に浴びながら、ルクが喜悦の絶叫を上げる。

「な、な、中出しッ、こんなに気持ちイイなんてェエエ〜ッ！　うぐううぅ〜ッ♥　うああァァァ〜ッ♥　クセになっちゃいますわあァ〜ッ！　あひいィィ〜ン♥」

「何がクセになるだ！　ンなことより謝れって言っただろ、コラぁっ！」

　俺はビュービューと射精を続けている肉棒の先端をルクの膣奥に食い込ませる。

「ぐひィいいいいいいッ♥　もっ、申し訳っ！　ううッ、申し訳ありませんっ！　うひ、うひッ、ひぐぐぐッ♥　謝りますううぅ〜ッ！　うァあああああン♥」

　ヨガリ泣き混じりの謝罪の言葉が俺の嗜虐心《しぎゃくしん》を刺激し、さらなる射精へと導く。

「ううッ、うあああン♥　わ、わ、わたくしのオマンコがスケベ過ぎて、ご迷惑をおかけしましたああッ！　あああアアッ♥　心からお詫びしますううッ！　うぐぐ、イッグぅうううううううぅぅぅ〜ッ♥」

　生臭い声を長々と響かせながら、ルクが繰り返しアクメを貪る。

「ンおおおッ、おほォおおおおォォォ〜ッ♥　しゅ、しゅご、しゅごいいいぃぃぃ……

ひぐぐぐぐ……オチンポしゅごしゅぎるぅぅぅぅぅ……ッ♥　イグッ……イッグッ……ングぐぐぐ……♥　オマンコ……オマンコいッぐぅぅぅぅ……ッ♥」

ビクビクッ、ビクビクッ、とルクの体が間欠的におののき、そのたびに乳肉や尻肉が卑猥に揺れる。

ルクの蜜壺がギューーッ、ギューーッと収縮をしつこく繰り返し、俺のイチモツから精液を貪欲にコキ出そうとする。

「おッ、おほッ、ンおぉ、おほおぉぉぉ……はひ、はひ、はひ……ひぐぐぐ……うひいいいいぃ……♥」

「はぁ、はぁ、はぁ、はぁ……くぅぅぅ、たまんねぇ……」

俺はそのままの姿勢で、ルクの体に起こる絶頂の反応をしばらく堪能し続けた。

第四章 花嫁衣装と裸エプロン

かくして俺は、イコに続いてルクもモノにしてやった。

あいつら落第サキュバスの処女を散らした上に、さんざんアクメさせてやったのだ。

しかも俺の手元にはブルーベルがある。イコもルクも俺に逆らうことができないのは実証済みだ。

これであいつらも、クソ生意気な態度を少しは改めるだろう。

そう思ったのだが――。


「あらあら、先生ったら、さっきからじっとこちらをいやらしい目で見たりして……うふふっ」

「非モテオヤジには刺激が強過ぎたか？　女に相手にされない男ってのはホントちょろいよな～」

「うぐぐぐ……」

朝、教室に入った俺を、ルクとイコがあからさまに挑発する。

二人が着ているのは学園の制服ではない。極端に露出度の高い、いかにもサキュバスらしいコスチュームだ。

「お前ら、いったい何て格好してやがる。これから授業だぞ！」

「ご心配なく。わたくしたち、もう昨日までのわたくしたちではありませんもの」

ルクが自らの爆乳を誇示するように胸を反らし、フフン、と鼻を鳴らす。

「今朝からこの姿で学園を歩きましたけど、誰にもおかしな目では見られませんでしたわ」

「アタシだけじゃなく、ルクもオマエから精液エネルギーをいただいたからな。暗示の魔法を強化することができるようになったんだ」

ルクの言葉をイコが引き継ぐ。どうやら二人は俺のチンポから吸い取った魔力か何かで、パワーアップをしたらしい。

「へへ……魔力を得たアタシたちなら、きっとあの鈴のパワーに抵抗できる——どうだ、ここで試してやろうか？」

イコが威嚇的な笑みを浮かべながら俺に迫る。

「何だと⁉」

「ふふ……もし先生がこれ以降はブルーベルを使わないと約束してくださるなら、わたくしたちもおとなしくいたしますわ」

「けど約束しないってんなら、アタシたちの魔法の実験台になってもらうぜ！」

「うぐ……」

まずいことになった。こいつらは少しもめげていない。考えてみれば、仮にもサキュバスともあろう者が処女を喪失したり絶頂を味わわされたりするくらいでめげたりするわけがなかった。二人ともそんなタマではないのだ。

とはいえここで尻尾を巻いて逃げ出すわけにはいかない。俺はリマにブルーベルを預けられた。つまりここで引いてもリマのフォローは期待できないということだ。

こうなったら自分で何とかするしかない。そして、武器になるものといえばこいつだけだ。

「い——いい加減にしろっ！　お前らは俺の指導を受ける留学生なんだぞ！」

俺は一か八かブルーベルを取り出し、鳴らした。

「うぐっ……！」

「あうっ……！」

二人の服装が瞬時に制服へと変わり、そして広げられていたコウモリのような翼が体内に引っ込む。ブルーベルの命令により、授業を受けるのにふさわしい姿になったということだろう。

「く——クソがッ！　こいつが先公でいる限り、やっぱアタシらは逆らえねえってのか⁉」

「わたくしたちの魔力が足りなかった……？　いいえ、監督官さまの命令が強過ぎたんですわ！」

イコとルクが悔しげな声を上げる。

「ふう……へへへ、どうやらブルーベルの力に逆らえるわけじゃねえみたいだな。ったく脅かしやがって」

俺は内心で冷や汗をかきつつも、ニヤリと不敵に笑って見せる。

さっきの二人の口ぶりからすると、どうやら「教師と生徒」という関係でいる間は、イコもルクも俺に逆らうことができないらしい。

リマに「きちんと留学生として振舞え」とブルーベルを使って命令されたため、留学中の指導教官である俺の言うことも聞かざるを得ない――きっと二人はそういう状態なのだろう。

「さ〜て、二人ともずいぶんとナメた態度を取ってくれたな」

「ま、待ってください先生！　わたくしが無礼を働いたのはイコさんに脅されて仕方なくなんです。けして本意ではありません！」

ルクが手のひらを返してイコを裏切る。その豹変ぶりはいっそ清々しいほどだ。

「あ、コラッ、きたねえぞっ！　なにアタシだけのせいにしてんだよ！　オマエもノリノリだったじゃねえか！」

「いいから静かにしろ！　イコ、放課後に厳しく指導してやるからな！」

俺はあえてルクの言葉に乗っかり、イコを居残りさせることに決めた。

「うぅ……」

放課後、薄暗くなった教室の中でイコが俺を睨み付けた。ちなみにルクはとっくにこの場を後にしている。

「チッ……それで今度はどんなことをさせるつもりなんだ？」

「今日はこの学園の中を案内してやる。考えてみればちゃんと見せて回ったことがなかったからな」

「今さらかよ……まあいいぜ。どうせオマエには逆らったりできねえんだし」

そういうわけで、俺はイコを連れて学園内を歩きだした。

私立誠寛学園は日本でも有数の規模の大きさを誇る。しかもただ敷地が広いだけではない。普通科以外に、ＩＴ技術科やら家政科などの、他ではあまり見られないような学科コースも設置されているのだ。

「――ここら辺は服飾デザイン科だ。それでこの空き教室には、服飾デザイン科の生徒が卒業制作で作った服のうち、出来のいい奴が選ばれて飾られてる」

「ヘッ、飾ってるっていうけど、こんなのただの倉庫じゃねーか。べつになんも面白くねーんだけど？」

イコが頭の後ろで手を組み、そっぽを向く。

「そうか？ この服なんかイコが興味を持つと思ったんだけどな」

俺は雑然と並ぶトルソーのひとつが着ている純白のドレスを指し示す。

「はあぁ？ 何だよそのヒラヒラした服は……って——え、ええと、それってもしかして……！」

イコが、まるで偶然にエロ本を発見してしまった処女のように顔を赤くする。

「ああ、ウェディングドレスだ。結婚式のときに花嫁が着る服だな」

「うぐっ……へ、ヘンなもの見せんじゃねえよ！ このヘンタイオヤジっ！」

「何を慌ててるんだ？ べつにどこも変じゃないだろう。生徒が作ったとは思えないほどよくできてるじゃねえか」

「オマエ、分かってて言ってるんだろ」

「ふむ……やっぱりお前らサキュバスにとって、結婚ってのはアブノーマルな風習に思えるんだな」

確かに、生涯決まった相手としかセックスしないと神や立会人の前で誓うのだ。サキュバスの常識とは正反対の行為だろう。

「けど、この純白のドレス——コントラストが効いて、お前の綺麗な褐色の肌にすごく似合うと思うんだけどなあ」

「お、オマエ……そんな変態な服をアタシに着せるつもりなのか⁉」

「ああそうだ。こいつを着た上で俺とセックスしてもらうぜ」

俺はニヤニヤと笑いながらブルーベルを取り出し、イコの鼻先に突き付ける。

「あああぁぁ……やめろ、やめろぉぉ……！」

「イコ、お前はウェディングドレスを着て俺とラブラブ花嫁セックスするんだ。いいなっ！」

「あああぁぁぁーっ！」

夕日の差す薄暗い空き教室の中に、ブルーベルの音とイコの甘い悲鳴が重なって響く。

そして――。


「あうぅぅぅっ……こんな格好でセックスするなんてぇぇ……ほ、他の奴に――ルクとかに知られたら、マジで終わっちまううぅ……ンふ、ンふうぅ……」

ウェディングドレス姿のイコが俺の腰にまたがり、下半身をモジモジと動かしている。

イコは下着の類いはいっさい身に着けておらず、俺のほうも下半身剥き出しな上にシャツもはだけている。当然、俺の勃起したイチモツはイコの肉の割れ目に密着している。

「しかしお前のコスチューム、ウェディングドレスにまで変形するなんてな……サキュバスってのは便利なもんだぜ」

「うるせえなっ！　あんな服を実際に着るくらいならこうしたほうがマシだ！」

「まあ、そのほうが思う存分汚すことができるんで助かるけどな」

コスプレAVで女優が途中から全裸になるのは、レンタルした衣装を汚さないためだと聞くが、今回はそういった心配がまるでない。

「しかし嫌がってるくせにマンコのほうは濡れ濡れだぞ。体は正直ってやつか？」

「うぐっ……ち、違うっ！　これはオマエのチンコのほうに反応してるだけだっ！」

「まあ、そういうことにしといてやるよ」

俺は肉棒の腹の部分にイコの濡れた粘膜を感じながら、微妙に腰を揺すってやる。

「ンあぁぁぁぁッ……♥　や、やめ、やめろぉぉ……うぐ……硬くて熱いのが割れ目にコスれてぇぇ……ううう、オマエ、興奮し過ぎだぞっ！」

「当たり前じゃねえか。何しろ花嫁姿のイコとこれからハメ合おうってんだからな」

「花嫁って――オマエ、そんなにアタシのことを、その……ええと……ど、独占したいとか思ってんのか⁉」

「ああそうだ。必ず俺のチンポ専用のマンコにしてやるから覚えとけよっ！」

「ふわぁぁッ……♥　な、な、なるわけないだろっ！　ンううッ、アタシはサキュバスなんだっ！　誰とでもセックスする淫魔なんだぞっ！」

「誰とでもなんて、絶対にそんなふうにさせたりしねえよ」

俺は腰をさらに細かく揺すり、イコの秘唇にいきり立った男性器をこすり付ける。

「ンうううぅぅぅ……か、勝手なコトばっか言いやがってぇぇ……ンうッ、うううッ……オマエの思い通りになんかなるもんかっ……！」

イコのクレヴァスから粘っこい愛液が止《と》め処《ど》なく溢れ、俺のイチモツを卑猥にコーティングしていく。

俺の腰の動きに合わせてイコがヒップを動かし、揺れ動くドレスの裾が俺たちの下半身を微妙に愛撫する。

「あうううッ……♥　く、食い込むっ……！　チンコが割れ目に食い込んでるうぅぅ……！　ふぅ、ふぅ、マンコの中にチンポが来ちゃううぅ……！」

「どうする？　このままマンズリだけで俺のチンポをイかすつもりか？」

「い、いや……セックスするっ……！　マンコの中で射精させてやるっ……！　こうなったらザーメンを吸い取ってやるよっ！」

その褐色の肌にじっとりと汗を滲ませながら、イコが声を上げる。

「だって、そうしないとオマエの命令が終わらないからな……！　はァッ、はァッ、はァッ、だからちゃんとセックスしてやるっ！」

「そうか――それじゃあ望み通りブチ込んでやるぜ！」

俺はペニスの角度を変え、先端をイコの膣穴に潜り込ませる。

「ンあああぁぁぁアアアァッ……！」

ずぶぶぶぶぶぶぶッ——とイコの牝壺が俺の剛直を根元近くまで飲み込む。

「うぐ……相変わらずメチャクチャ吸いついてくるっ……」

「はぁ、はぁ、はぁ……へへへっ……アタシのマンコで、すぐにオマエのザーメンを搾り取ってやる……！　こんなヘンタイな格好でのセックスなんて、すぐ終わらせてやっからな……見てろよっ！」

「その割にはぜんぜん体が動いてねえじゃねえか。本当は俺のデカマラの感触をマンコでじっくり味わいたいんだろう？」

「ば、バカ野郎っ！　ンなわけねえだろッ！　ヘンなこと言ってんじゃねえっ！」

イコが、意を決したように腰を動かし始める。

しかしその動きはぎこちなく、まるで油の切れたロボットのようだ。

「おいおい、そんなんじゃただ気持ちいいだけだぞ。俺のチンポからザーメンを搾り取るんじゃなかったのかよ」

「うっ、うるさいっ……！　ンうッ、ううウッ、うくぅぅ……ッ、ああ、あはあぁンっ♥」

何とか下半身をスムーズに上下させようとするイコだが、すぐに動きがぎこちないものになってしまう。

「あああッ、ダメだ……はァ、はァはァ……マンコが感じ過ぎてっ……！」

「確かにすごい濡れ方だな。さてはウェディング姿になったことに興奮してマンコが敏感になってやがるな？」

「ば、バカ！　そんなわけないだろっ！　ンうッ、ううウッ、アタシはヘンタイじゃないんだからあッ！」

イコの腰が再び上下し、互いの股間がぶつかる音が空き教室に響く。

それは俺を追い詰めるための動きではなく、ただただ快楽を貪るためのものに見えた。

「はうぅンっ♥　ヤバいぃ、ヤバいぃぃ……あ、あ、アタシっ……アタシどうしてこんなあッ……！　あァアあああッ♥」

「へへッ、そんな腑抜けた腰使いじゃいつまで経ったってザーメンを搾り取れやしねえぞ？」

「う、うるさいっ！　ンぐ、うぐぐ、ふわあぁンっ♥　だ、ダメだ……あうううッ、体から力が抜けるうぅぅ……ッ！」

「しょうがねえ、俺のほうからも手伝ってやるか！」

俺は下半身に気合を入れ直し、腰を連続して突き上げてやる。

「うあッ、うあああッ、やめろッ、やめろぉぉ〜ッ！　そ、そッ、そんなふうにズコズコされたらあァッ！　ああァ〜ッ♥　あはァあああァァ〜ッ♥」

「ううううっ、ドエロい声を出しやがってっ……！　誘ってんのかオラッ！」

愛液に濡れた粘膜同士がこすれ合う快感にチンポを熱くしながら、俺はさらに抽送のピッチを上げる。

「さ、さッ、誘ってなんかァあああッ！　あううッ、うはァああァン♥　ち、ち、畜生ッ……！　またこんな一方的にぃぃ……ッ！」

俺の腰の上でイコの体が跳ね、汗の雫が飛び散る。健康的な褐色をしたイコの美巨乳が、俺の体のすぐ上でブルンブルンと激しく揺れまくる。

「オラオラオラッ、もっと腰を動かせっ！　これが夫婦の共同作業だ！」

「ふ、夫婦ッ!?　ううウウッ♥　ふッ、ふざけんなこのド変態ぃぃッ！　バカ言ってんじゃねえええッ！」

罵声混じりのイコの喘ぎが、さらに一オクターブ跳ね上がる。

「アタシとオマエが夫婦だなんてッ！　そんな、そんなッ——ンああアアアッ♥　あひ、あひッ、あひ、ひィいいいィィィ〜ッ♥」

「うおおぉぉ……ッ！　ますますマンコが吸いついてッ……！」

俺は思わず仰《の》け反《ぞ》りながら、イコのたわわな双乳に両手を伸ばす。

「ふぁあああアアアン♥　ちょ、コラッ、待てぇえぇッ！　何しやがるうぅッ！　うひィいいいいン♥　そんな思いっきり鷲掴みにされたら――――イヤあああァア～ッ！　ダメぇえええええエエエ～ッ！」

「くうぅぅぅ……可愛い声で鳴きやがってっ！　オラッ、もっと聞かせろ！」

俺は柔らかさと弾力を兼ね備えたイコの乳房に無遠慮に指を食い込ませ、グニグニと激しく揉みしだく。

「な、何が可愛いだッ！　くだらねえこと言ってんじゃねえッ……！　うぐッ、ンッぐぅううううッ♥」

「可愛いから可愛いって言ってんだよ！　少しは素直に嬉しがったらどうだ⁉」

俺はイコの巨乳を捏《こ》ね回《まわ》し、さらには乳首を指先で弾くようにして刺激する。

「ひうッ、うあぁぁン♥　う、う、ウソだっ……！　アタシは絶対にだまされないからなあッ！」

「よく聞けイコッ！　その服はなあ、こっちの世界の男がいちばん可愛いって思った女に着せるモンなんだよ！」

「ンあッ、あああッ♥　バカ、バカ、バカッ！　ヘンなこと言うなああッ！　あううッ、うくぅううぅッ♥ アタシみたいなガサツなサキュバスをつかまえてえぇッ！」

「そのドレス、めちゃくちゃ似合ってるぞ、イコ！ このまま俺の嫁にしてやる！ このチンポで俺だけの女にしてやるっ！」

俺は膨れ上がった亀頭を膣奥にドチュドチュと叩き付ける。

「ひァあぁァァ〜ッ♥ ダメッ！ ダメぇぇ〜ッ！ よ、よ、嫁とかッ、そんなヘンタイなコト言われたらぁぁ〜ッ！ イク、イク、イク、イクうぅぅ〜ッ！」

イコの体がビクビクと痙攣し、その股間からイキ潮が迸る。

「はううぅッ、うぐぅううぅッ♥ イッちゃった、イッちゃったよおぉ〜！ アタシのマンコ、ヘンタイアクメしちゃったぁぁ〜！」

イコが甘い嘆きの声を上げながら純白のドレスに包まれた体をよじる。

「こんなんでイクなんてマジでヘンタイなのにぃぃ〜！ どうして、どうしてアタシぃぃ〜ッ！ ンひ、ンひッ、ひぐぐぐッ、うううッ、うひぃぃぃィィン♥」

「そりゃあお前が純愛や結婚に憧れるド変態だからだろ。いい加減に認めろって！」

俺はネチっこくイコの乳房を揉みながら、そのマンコ壺を強張った肉棒で突きまくる。

「違うっ！ 違ううっ！ うううッ♥ アタシは普通のサキュバスなんだぁッ！ オマエ以外の男とだって、ヤリまくってやるんだからなっ！」

「そんなことさせてたまるか。俺のチンポで子宮マンコにマーキングしてやるっ！」

俺は限界まで激しく肉棒をピストンさせ、先端部分をイコの子宮口に繰り返しぶつける。

「うああァ～ッ！　ダメええエェ～ッ！　さっき、さっきイッたばかりなのにィィ～ッ！　あひ、あひ、あひ、ひィいいいいィイイ～ッ！」

「このままイッちまえ、オラッ！　また変態アクメをキメるんだよ！」

「やだッ！　やだァア～ッ！　あン、あぁぁン、あぁン、あはぁぁン♥　もうオマエなんかのチンポでイキたくないぃぃ～ッ！　オマエみたいなヘンタイオヤジのチンポなんかでぇ～ッ！」

「変態なのはお前のほうだろうが！　いい加減に認めちまえ！」

快感と興奮で男根がますます強張っていくのを感じながら、俺は最後のスパートをかける。

俺の腰の上でイコの下半身がバウンドし、下半身と下半身のぶつかる音が空き教室に鳴り渡る。

「うアあああッ♥　またイクッ！　またイクううッ！　うぐ、ぐううぅッ♥　またマンコがイクううううッ！」

「はぁ、はぁ、はぁ、お前のマンコのほうは俺のモノになりたがってるみたいだな！」

「ひィィいいいいィイイ～ン♥　そういうコト言うなぁあああァ～ッ！　あああァア～ッ♥　あああァアア～ッ♥　ダメぇえええエ～ッ！」

イコの甘い嬌声と膣壷がもたらす快感により、大量のザーメンが肉棒内に込み上げてくる。

「ハァ、ハァ、いっしょにイクぞ、イコっ！　うぅううッ！」

破裂しそうなほどに膨らんだイチモツを激しく動かし続け、イコと自分自身を追い詰めていく。

「やァああァァ〜ッ！　い、いっしょにだなんて、マジで夫婦みたいぃいぃッ！　ンひ、ンひッ、ひううッ、うは、うはァあああァァ〜ン♥」

俺の激しいピストンに息を合わせ、イコが腰を振りたくる。

「やだ、やだ、やだぁ♥　マンコがキュンキュンするうっ♥　ンううううッ♥　マンコがオマエのチンポのお嫁さんになりたがってるうぅぅ〜ッ！　うひぃいいィィ〜ッ！」

「そうだ！　お前のマンコはもう俺のチンポから逃げらんねえんだよ！　覚悟決めちまえオラッ！」

「ひァああアアァァァァ〜ッ♥　ダメッ！　ダメぇええぇぇぇぇぇ〜ッ！」

びゅるるるぶびゅびゅびゅびゅびゅうううううぅぅぅぅぅーッ!!

イコの悲鳴じみた叫びを聞きながら、煮えたぎった欲望を解放する。

「うァァあああァァァーッ！　熱いッ！　熱いィィ〜ッ！　ひァァあああッ♥　熱いザーメン出てるううぅぅぅ〜ッ！　ザーメンでマンコいッちゃううううぅぅ〜ッ！」

イコの肉壺が俺のモノに強烈に吸いつき、さらなる射精を促す。

「おああッ♥　あはァあああぁン♥　ヤバイぃッ！　ヤバイよおおおッ！　ンおォおおおおおッ♥　ヘンタイザーメンでマーキングされちゃってるううぅ～ッ！　アタシのマンコ、ホントにお嫁さんになっちゃうよおおッ！　おおおおォォォ～ッ♥」

あまりの快感に視界にチカチカと星が舞うのを感じながら、俺はイコの膣内にしつこくザーメンを出し続ける。

「あうぅぅぅッ、ンぐぐッ、うッぐぅうううううッ♥　はひ、はひッ、はひ、はひィィィ……♥　イッグぅぅぅ……ッ！　イッグぅぅぅぅ……ッ！」

汗に濡れた体にウェディングドレスの布地をまとわりつかせたイコが、ビクビクと痙攣する。

ピッタリと隙間なく重なった膣肉がウネウネとうごめくのを、俺は射精直後で敏感になったペニスでしばらく堪能する。

「はぁーッ、はぁーッ、はぁーッ、はぁーッ……♥」

「ふふ……へへへへ……さ～て、結婚式の後は新婚生活ってやつを体験させてやるぞ」

「し、新婚生活ぅ……？　ううっ、うううぅっ……な、何バカなコト言ってんだオマエっ……あふうぅぅっ……♥」

その言葉とは裏腹に、イコの声も表情も甘くとろけている。

「お前だって興味があるだろう？　——ほら見てみろ。新婚夫婦はこういう格好でセックスをするんだぜ」

俺はスマホにとある言葉を入力して検索を行ない、出てきた画像をイコに見せる。

「うぅ……な、何だよ、よく分かんねー格好でハメてるだけじゃねえか。第一、まだアタシとヤるつもりなのかよ」

液晶画面を覗き込んだイコが唇を尖らせる。

「ああ、もちろんだ。お前みたいな可愛いヤツ相手に一回で終わるわけないだろう？」

俺はまだ萎えていないペニスを膣内に挿入したまま、軽く腰を揺すってやる。

「あううっ……♥か、可愛いとか言うんじゃねえよっ！　調子狂うな……」

「お前だってサキュバスの端くれだし、男の誘惑の仕方くらいは知っといたほうがいいだろ？　新婚の女ってのは男をこのコスチュームで誘うんだよ」

素直になりきれないイコのために、俺はアプローチを変えてやる。

「フン……ま、まあ、そういうことだったら言う通りにしてやるよ。オマエはアタシの教官なんだし……それに、逆らってもまたあの変な鈴を使われるだけだしな」

「よーし、それじゃあ場所を変えてもう少し雰囲気を出すとするか」

俺はイコを連れ、トルソーが並ぶ空き教室のすぐ隣の部屋——調理室へと移動した。

「よーし、それじゃあまず、スマホの画像みたいな服装になるんだ」

「ハイハイ……って、鼻の下伸ばしやがって。そんなに楽しみなのかよ」

一時的にサキュバスのコスチュームに服装を戻していたイコが、しかめ面を作りながら口の中で呪文のようなものを唱える。

イコの体が――いや、そのコスチュームが不思議な輝きを放ち、そして光の粒子の集まりへと変わっていく。

「まったく、何度見ても驚きだな」

感心している俺の目の前で、イコは全裸にエプロンだけという姿になった。

「どうだ、これでいいか？」

「ああ、バッチリだぜ……ちょっと動けばパイオツがはみ出そうなところがたまんねえ」

「ジロジロ見るんじゃねえ！　ったく、ホントに新婚の女はこんな服装でセックスするのか？」

「ああそうだ。画面の女もみんなそうだろう？　これこそ新妻が夫を出迎えるための正式なコスチュームなんだぞ」

俺は「新婚」と「裸エプロン」を検索ワードにして画像検索した結果をイコに見せつける。

イコは日本語が満足に読めないから、この単純すぎるトリックにも気付くことはないだろう。

「いいからそのコンロ台に手をつくんだ。それで、俺の言った通りのセリフを言ってもらおうか」

「オマエの言った通りのセリフぅ……？」

「ああ、よく聞けよ……」

胡散臭《うさんくさ》そうに口をへの字に曲げていたイコが、俺の言葉の続きを聞いているうちに頬を上気させていく。

「だ、誰がそんなコト言うか！　このヘンタイ野郎っ！」

「いいから言った通りにしろ！」

俺はブルーベルを手に取り、再び鳴らす。

「あううぅぅぅっ……！」

「ほらイコ、そこに両手を乗せろ。んでもって、さっき俺が教えた通りに繰り返すんだ」

「ううぅっ……うぐぐぐぐッ……」

イコが唸り声を上げながら俺に背中を向け、コンロを乗せているステンレスの台に手をつきながら、剥き出しの尻を突き出す。

「おっと、割れ目から愛液が垂れてきてるぞ？　だいぶ新婚ラブラブセックスってやつを期待してるみたいだな」

「誰が期待なんてしてるもんかっ！」

「いいからセリフを言え。立派なサキュバスになるためのレッスンだぞ」

「ち、チクショウっ……うぐぐぐぐ……」

イコが唇を噛み締め、しばし抵抗する。

だがそれは結局は無駄な足掻《あが》きだったようだ。

「ご、ゴメン……ふぅふぅ、まだ料理できてないから――あううッ……！　だから……だからしばらくアタシのマンコを味わっててくれっ……！」

「うーん、あんま感情がこもってねえな。もっと可愛くスケベに言ってくれよ」

俺は駄目押しとばかりにさらにブルーベルを鳴らす。

「あくぅううううッ……！　えっと、えっと……お、オマエが仕事に行ってる間っ、すっごくオマンコがさみしくてぇぇっ……！」

イコが煮卵にも似た褐色の艶やかなヒップをフリフリと左右に揺らす。

「切なくて泣いちゃってるアタシのグチョ濡れマンコっ……お、お、オマエの男らしいチンポで慰めてぇぇッ――うァあああッ！　何言わせやがるっ！」

イコの秘部からは大量の淫蜜が溢れている。本人の意に反して体が興奮してしまっているのは明らかだ。

「へへへっ、まぁ合格ってことにしてやるよ」

俺はドロドロになったイコの膣口に肉棒の先端を食い込ませ、そのまま腰を進ませる。

「くうぅぅぅ……相変わらずすげえ吸いつきだぜ……！」

イコの肉壺が愛しげに俺のイチモツに吸着し、奥へ奥へと誘っていく。

「あううぅッ、うッぐぅううぅぅぅ……♥　おッ、おおおッ、オマエっ……チンコ膨らませ過ぎだぁぁッ……あうッ、うあぁぁン……♥　さ、さっきよりもぶっとくなってるぅぅ……♥」

まるでペニスの感触を確かめるように、ギュッ、ギュッ、ギュッ――とイコの膣壺が繰り返し収縮する。

「ふううぅぅぅ……しかし、こんな夕方から旦那を誘惑するなんてスケベな新妻だな」

俺はうっかり精液を漏らしてしまわないように気を付けながら、腰をゆっくりと回してイコの膣洞を撹拌してやる。

「はううッ、ンふううぅぅぅ……♥　ば、バカ言うなっ……！　誰が誘惑なんかッ……あッ、あうッ、うァああァァ～ッ♥　アタシは、あの鈴の力で仕方なくううぅ……！」

「おいおい忘れたのか？　これはお前が男を誘惑する練習なんだぞ」

「ふぅ、ふぅ、ふぅ、うぐ……れ、練習……？　だったら――うううウッ♥　だったら実際にハメたりしなくてもいいじゃないかっ……！」

「こうやってちゃんとマンコを気持ち良くさせてやらねえと身が入らないだろう？　俺なりの気遣いだよ」

イコの熱い膣内のヌルヌルとした感触を堪能しながら、俺は腰をグラインドし続ける。

「何が気遣いだ、このバカッ……！　はァ、はァ、はァ、はァ、はぐぐッ……そんなコトより、もうチンコをグリグリすんのやめろッ！　早くピストンしろよおぉ～ッ！」

腰を悩ましげにくねらせながら、イコが焦れた声を上げる。

「何だ、そんなにマンコの中をコスってほしいのか？」

「だ、だってっ……こんなんじゃずっと終わんないだろうがっ！　ふうッ、ふうッ、だからチンコを動かして早く射精しろって言ってんだよっ！」

「ピストンをしてほしいんだったら、ちゃんと可愛く誘惑してもらわねえとなあ」

「うぐ――またソレかよっ！　そーいうのバカのひとつ覚えってんだろ！　このヘンタイオヤジっ！」

「べつに俺はこのままでもいいんだぜ？　こうやってチンポ全体でお前のマンコを味わうだけでも、充分に楽しいしな」

俺はグリン、グリンと腰を回し、イコの膣内を抉るようにチンポを動かす。すでに先ほど一度ザーメンを出しているので、精神的にも肉体的にもかなり余裕がある。

「コッ、このッ――うァあぁッ♥　この卑怯モノぉおおおッ！　おぁあッ、あァあぁァァン♥　だいたい何て言えばいいんだよおッ！」

「そりゃあお前、新婚って設定なんだから夫に愛を囁いてもらわねえとな」

「あ、愛ぃいいいッ⁉」

キュウウゥゥゥ〜ッ！　とイコの肉壺が強烈に収縮し、俺のモノを痛いくらいに食い締める。

「うぐッ──そ、そうだ。好きだとか愛してるとか言ってくれたら、こいつを思いきり動かして気持ち良くしてやるぜ」

「そっ、そんな、ンぐ、そんなコトッ……！　ふぅふぅ、そんなヘンタイなコト、言えるわけないだろぉぉ……はァ、はァ、はァ、はァ……♥　いくら男を誘惑する練習だからってぇ……♥」

イコの下半身がクネクネと動き、全身がワナワナとおののく。

「べつに演技でいいんだって。そういう芝居をしてくれたら、ちゃんとチンポをピストンしてやるぜ？」

俺はガチガチになったイチモツを抉り込むように動かし、イコの膣奥を小突き回す。

「ンうッ、うぐううッ♥　い、言ってやるよッ……！　で、でも──ふぅふぅ、勘違いすんなよッ！　ううッ、うあぁンッ♥　これは、セックスを早く終わらせるため……ザーメンを搾り取るためなんだからなッ！」

「分かってるぜ。それじゃあ早く言ってくれ！」

「ま、待てッ……ふぅッ、ふぅッ、気持ちの準備をするからっ……ふぅッ、ふぅッ、ふぅッ……♥　す、好きだなんて言うのは……うぅぅ……たとえウソでも、アタシらにとってはヘンタイなことなんだからなっ……！」

「なのに言ってくれるんだな。すげえ嬉しいぜ、イコ」

「嬉しいとか言うなぁぁ……っ！　はぁーッ、はぁーッ、はぁーッ……あうッ、ううううぅぅぅ……♥」

膣内の温度がぐんぐん上がっていくのをイチモツに感じる。羞恥とそれ以外の感情により、イコの全身が熱くなっているのだろう。

「えっと……えっと……あの……ふぅ、ふぅッ♥　アタシ……その……オマエのコトが……うく……す……好きっ……♥　あううぅぅ……♥」

イコの膣壺があり得ないほどに収縮し、膨れ上がった剛直に激しく吸着する。

「だから……はうぅぅ……だからズコバコしてぇ……♥　アタシの新婚マンコ、大好きな旦那様のチンポでいっぱい愛して……か、可愛がってぇぇ……ッ♥」

「ううっ……や、やればできるじゃねえか！」

俺はイコの腰を掴み、激しいピストンを開始する。

「あひィーッ！　ひいィーッ！　ンひいいィィーッ！　ば、ば、バカぁあああッ！　最初から強過ぎぃぃ～ッ！　いひぃいいいいィィ～ン♥」

イコの高らかな嬌声に、尻と腰がぶつかる音が重なる。

「オラ、オラ、オラッ！　どうだ、気持ちいいかっ⁉」

「ンひぃいぃぃ～ッ♥　ひいぃぃ～ン♥　きッ、気持ちイイッ！　気持ちイイぃぃ～ッ！　ひぐぐッ、うはァあああぁン♥」

何かのタガが外れたように、イコが素直に快楽を訴える。

「ンあああぁッ、マンコ感じるうぅッ！　うぐぐ、うァあああぁン♥　感じ過ぎちゃううぅ～ッ！　ううッ、うううぅッ、ンああッ、あはッ、はァあああン♥」

イコのたわわな乳房が俺のピストンの煽りで激しく揺れ、エプロンの脇からまろび出る。ブルンブルンと揺れまくるイコの双乳に興奮を新たにしながら、俺は腰を動かし続ける。

「うァああぁッ♥　ああッ、ンああッ、あは、あはッ、当たる、当たるううッ！　ンうッ、うぐぐッ♥　すごくイイところに当たっちゃってるううッ！　子宮マンコに響いてるううぅ～ッ！」

「気持ちいいだけか⁉　もっと他に言うことあるだろうが！」

「はううッ、ンふぅううッ♥　な、何だよおッ！　何言わせようとしてんだよおッ！」

「こいつは新婚セックスで相手を誘惑する練習なんだぞ！　だったら何を言えばいいのか分かるだろうが！」

俺はパンパンに張り詰めた亀頭部分でイコの膣奥を小突き回し、次のセリフを催促する。

「オラッ、オラッ、オラあぁッ！　さっき教えてやった通りに言うんだよ！」

「ううッ、ンうううッ♥　す、好きッ、好きぃぃ～ッ！　旦那様のオチンコ好きぃぃ～ッ！　ンひぃいいィィ～ッ♥　だ、大好きなこのオチンコで、アタシの新婚ほやほやマンコを可愛がってぇぇ～ッ！　あァあああァァァ～ン♥」

「くううぅぅ……ちょっとバカっぽいところがメチャクチャそそるぞっ！」

「うぐ――いッ、言われた通りにしたのにバカとは何だっ！　あぐぐぐ……うあッ、あああッ⁉　な、何だコレ――また膨らんでッ……！　どこまでチンコをぶっとくする気だよおおッ！」

「このぶっといデカマラが好きなんだろうが！　お見通しなんだぞっ！」

　俺はさらに抽送のピッチを上げ、膨れ上がった肉棒でイコの膣壺を蹂躙する。

「うひィィィーッ♥　いッひィィィーッ♥　やッ、やッ、ヤバいぃいぃいッ！　ひぐぐッ、うぐぅう

うぅッ♥ こんなふうにされたら、マジで好きになっちまううぅ～ッ！」

「こいつが好きなのか？ 好きなんだな！ オラッ、正直に言えッ！」

「うああァーッ♥ す、す、好きいィィ～ッ！ ぶっといチンポ好きィいいィィ～ッ！ ンおッ、おォおおおッ♥ おっきなチンポでメチャメチャにされんの好きなのォ～ッ！ おあッ、あああッ！ 何言ってんだアタシいいぃ～ッ！」

「クソッ、相変わらず可愛いこと言いやがって！ もう容赦しねえぞっ！」

俺はピストンを中断してイコの背中に覆いかぶさり、汗に濡れ光る褐色の乳房を左右とも鷲掴みにする。

「あああッ、ダメ、ダメぇぇぇ～ッ！ オッパイモミモミしないでぇぇ～ッ！ これ以上気持ちイイことされたら、マジでおかしくなるううぅ～ッ！」

「誘ってんじゃねえぞ、このドスケベ新妻がっ！」

俺は頭に熱い血を昇らせながら、手の平の中の柔らかく弾力のある乳肉を捏ね回す。

「だ、だ、ダメってッ！ ダメって言ってんだろぉ～ッ！ おッ、おッ、おッ、おァああアァァ～ッ♥」

俺の腕の中で、イコの健康的な体が激しくくねり、悶える。

「ヤバイッ、ヤバイいいッ！ ひぐぅううううッ♥ 揉み方がイヤらし過ぎるううッ！ ンふ、むふぅ、オッパイ気持ち良くなっちゃうぅ～ッ！」

「もうとっくになってるだろうが！　乳首がビンビンだぞっ！」

　イコの乳房を揉みしだきながら、その頂点にある乳首を思いきりつまむ。

「きひぃいいいいいぃぃぃーッ♥　やッ、やめッ――先っぽつねんなァァ～ッ！　あッ、ああッ、あああアアッ、あはッ、ンあああァァ～ッ♥」

「くうぅぅ……乳首を引っ張るたびにマンコ壺が吸いついてっ……！」

　俺はイコの乳首をきつく引っ張るように刺激しながら、乳揉みを機会に中断していたピストンを再開する。

「うぐ、うぐぐッ、ンはァあああぁッ♥　食い込むううッ！　チンポが子宮マンコに食い込んでるううウッ！　こんなふうにされたら、すぐに子宮イッちゃうってぇえッ！」

　イコの体が新たな汗を噴き出し、その牝壺がビクビクとおののく。

「ああ、イかせてやるぞ！　裸エプロンで夫を誘惑するようなドスケベ新妻マンコは連続アクメの刑だっ！」

　俺はイコの乳房を揉みしだきながら腰の動きを激しくする。

「うァあああンン♥　か、か、体じゅう気持ち良くされてイッちゃううッ！　イク、イク、イク、イクッ！　うああッ、イックううぅぅぅ～ッ！」

　イコの膣肉が痙攣するのをチンポに感じながら、俺はなおもピストンを続ける。

「ま、ま、待ってッ！　待てよおおおッ！　おあッ、あああン♥　もうイッてるッ！　イッてるからあァァ～ッ！　あぐぐぐぐッ♥　またイク！　またイクッ！　イックぅうううううッ！」

立て続けに絶頂に達している膣肉が、ギュウギュウと俺のチンポを搾り上げる。

腰の奥から大量のザーメンが迫《せ》り上《あ》がってくるのを感じながら、俺は最後のスパートをかける。

「あッあッあッあッあッあああああァァァ～ッ！　い、イクッ、イクぅうううッ！　うぐぐぐッ！　イクの止まんないいぃぃ～ッ！　いひぃいいいいィィ～ッ！　アタシの体、メチャクチャにされてるぅぅぅ～ッ！」

汗まみれになったイコの体からムワムワとフェロモン臭が立ち昇り、俺をますます夢中にさせる。

「オッパイもおッ！　オマンコもおおッ！　おッ、おほ、おほォおおおおン♥　体じゅうイかされてるのおおッ！　おッ、おッ、おッ、おォおおおォォォ～ッ♥」

「ああ、全身をアクメさせてやる！　この体はぜんぶ俺のモンだ！」

「うァあああッ、あはァあああン♥　な、何ッ、何言ってんだよおおッ！　おおッ、おおおオオッ♥　おおッ、おおおッ、イクッ、イクぅううううぅぅぅ～ッ！」

イコの肉壺が俺のイチモツを強烈に絞り上げ、射精をねだる。

尿道内に次から次へと大量の精液が充填され、ペニスの中で痛いくらいに圧力が高まっていく。

「うぐぐぐ……クソッ、もう出るっ……！　俺のザーメンで妊娠させてやるっ！」

「あッ♥　あッ♥　あッ♥　だ、誰があああッ！　誰が妊娠なんかするかあああッ！　ああァア～ッ♥　あああァアァ～ッ♥　あひィいいいィィ～ッ♥」

「うるせえ、新婚夫婦が子作りすんのは当たり前だろうがっ！」

歯を食い縛って射精を堪えつつ、思い切り腰を振りたくる。

「ひィィ～ッ♥　ひいいィィ～ッ♥　イクうううッ！　またイクうううッ！　うぐッ、ンぐぐッ、今まででいちばんスゴイの来るううぅぅ～ッ！」

「ううううッ、孕めえええぇぇッ！」

ぶびゅるるるるるッ！　どびゅびゅぅうううううううううぅぅぅぅ～ッ！

俺はイコの子宮口にイチモツの先端を押し付け、その奥に大量の精液を注ぎ込む。

「ひァあああアァァァアーッ！　来てるッ！　来てるううッ！　子宮マンコにザーメン来ちゃってるううぅぅ～ッ！　うひィいいいィィィィ～ッ！」

部屋の中にイコが絶叫が長々と響く。

「イクうううぅぅぅ～ッ！　イックうううぅぅぅ～ッ！　子宮イクッ！　子宮マンコがアクメするううぅぅ～ッ！　うああッ、あはァあああああッ！　イグ、イグ、イグ、イグ、イグッ！　い、い、い、イッグぅうううううウウウウ～ッ♥」

イコの生臭いアクメ声を間近に聞きながら、俺はしつこく射精を続ける。

「い、イッパイっ……イッパイぃぃぃ……ッ♥　ひぐ、うぐぅぅぅ……子宮、イッパイになってるぅぅぅぅ……ッ♥　うッ、うふッ、むふぅうぅぅぅ……♥　ザーメンで子宮マンコはパンパンにぃぃぃぃ……ひィ、ひィ、ひィ、ひィ……イグ……うぐぐぐ……イグぅぅぅ……ッ♥」

下半身でつながったまま、俺とイコはまるでひとつの生き物のように体をおののかせる。イコの膣内粘膜が、貪欲なまでに俺のモノに吸いつき続けている。まるでチンコとマンコが溶けてくっついてしまったかのようだ。

窓から差し込んだ夕日がエプロンだけをまとったイコの体をオレンジ色に染め上げ、その肌に浮かんだ汗の珠をキラキラと光らせている。

「はァ……はァ……はァ……はァ……はァ……♥」

甘たるい吐息をつきながら、イコはいつまでも絶頂の余韻に浸り続けた……。


「……やれやれ、一時はどうなることかと思ったが、何とかなるもんだな」

帰宅した俺は、溜息とともに独り言を漏らす。我ながらキモいとは思うが、独白が多くなるのは独り者の避けがたい宿命だ。

「ただ、これからもあいつらに言うことを聞かすためには、俺が教師だってことをちゃんと認識させ続けないとマズいわけか」

昼間はちゃんと授業をして、夕方に片方だけ残して、それからブルーベルの力を使ってハメ倒す——当面はそれでうまくいきそうだ。

「しかし、こうやってザーメンを与え続ければ相手はどんどん魔力とやらを高めてくんだよな。それで大丈夫か……？」

俺は敷きっぱなしの万年床の上で腕組みをし、考え込む。

「——いや、まあ、何とかなるだろ。これからも俺をサキュバス留学生の指導教官として使うつもりなら、リマの奴だって見捨てたりはしねえだろうし」

いま悩んでもどうしようもないことを考えるのはやめ、電気を消して寝床に入る。

もともと俺は楽観主義者だが、今はいっそうポジティブになっている。きっと下半身が充実しているせいだろう。

「へへ……この調子じゃ、寝てる間もエロい夢を見ちまうかもしれねえな……またいつかみてえに夢精しちまうのは困るが……」

そんな呑気なことを呟きながら、俺は心地よい眠りの中へと落ちていった……。

そして——。

予想通り、俺は淫夢を見た。

見覚えのある部屋の中で、見覚えのある女を相手に、後背位でセックスをする夢だ。

夢を見ている間に、「かつて自分はこれと同じ夢を見た」と気付くことがないだろうか。俺はある。そして今回がまさにそうだった。

いや、本当に同じ夢なのかどうかははっきりとは分からない。以前に見た同じシチュエーションの夢よりも、少しだけ生々しさが増しているような気もする。

「あああぁぁッ……♥　よい……よいぞっ……おッ、おおおッ……♥　お主のマラがわらわの奥をえぐっておるぞっ……!」

時代がかった口調に似合わない若い声――若過ぎる声。

どこかで聞いた声だ。いちど聞いたら忘れられない声である。なのに俺は声の主が誰なのか分からない。思い出せない。

しかしそれは当然のことだ。夢の中では思考する力が格段に落ちるし、記憶や認識も曖昧になる。

ペニスを包み込む快感もぼやけている。肉棒はギンギンにいきり立っているはずなのだが、それが感じているはずの快楽を朦朧とした頭が処理しきれないのだ。

しかし生理的な反応は着実に進行し、切迫した射精感だけがどんどん高まっていく。

そして――。

俺は夢の中のセックスの相手に、思い切り中出しをキメた。

凄まじいまでの解放感が全身を包み込み——眠っている間のことなのでおかしな言い方になるが——意識が遠くなる。

このままいちど気を失い、そして現実の世界で目が覚める。それが夢を見ているときのお約束のはずである。

しかし、今回はそうはならなかった。

「フンフンフ～ン……フンフンフンフ～ン……♪」

ついさっきまで俺とセックスをしていた女が上機嫌で鼻歌を歌っている。

どうやら女はかなりご満悦らしい。それが——なぜか少しだけ腹立たしい。

しばらくしてドアが開閉する音が響き、女の気配が消えた。俺は部屋の中に一人になった。

「………………」

そう、そこは部屋の中だった。俺は西洋の古い屋敷の一室を思わせる豪勢な部屋の中でセックスに耽っていたのだ。

何度か見た同じシチュエーションの夢の中で、俺が部屋の様子をつぶさに見たのはこれが初めてだった。

今まで、ここと同じ場所でさっきと同じ相手とセックスをした夢は何度も見た。しかしこれまでは自分のいる部屋がどんな場所なのかをちゃんと認識できなかったのだ。

「………？」

部屋の中に本棚があり、古臭い装丁の分厚い本がずらりと並んでいる。

しかしその背表紙に書かれている文字は読めない。俺の知っている言葉ではない。そもそもこの文字はアルファベットですらない。

「ここは……どこなんだ……？」

当然の疑問を口にしたところで――。


「うおっ！」

見慣れた天井の下、俺は目を覚ました。

「む、夢精は――ふぅ～っ、してねえな」

パンツの中を確認し、俺は安堵の溜息をつく。

「してもおかしくないくらいにリアルな夢だったが……いや、しかしどんな夢だったっけか？　とにかくエロい夢だってことしか思い出せねえ」

ついさっきまで見ていたはずの夢の記憶や印象が、手からこぼれる砂のように消え失せていく。

「まあ、しょうがねえか。もったいないような気もするが夢なんてそんなもんだ」

俺は気を取り直し、栄養満点の朝食をきっちり摂ってから職場へと向かったのだった。

第五章　放置と露出と恥辱の快楽

「よーし、この時間は社会の授業だ」

俺は、がらんとした教室の中で席に着く二人の落第サキュバスにそう宣言をする。

「社会ねえ……人間なんかの社会を勉強してどーしろってんだよ」

「そもそもわたくしたち、人間の皆さんがどんな暮らしをしているか、ほとんど知りませんものね」

イコとルクが、さして興味ないといった表情で顔を見合わせる。

「でもどーせアタシらと同じような感じなんだろ？　国はあるし、街や道路はあるし、学園はあるし——どうせ貴族だっているんだよな？　どこが違うってんだ？」

「いや、だいぶ違うとは思うんだが……しかし、こっちがお前たちの国のことを知らないと、説明もできないな」

イコに反論しようとして、俺は言葉に詰まる。

「そう言えば先生は、サキュバス国があることすらも知らなかったんですわよね？」

「マジかよ！　オークやゴブリンじゃねえんだから、もう少し本を読めよな！」

二人があからさまに俺を馬鹿にした表情を浮かべる。

「いや、もともと住んでる世界が違うんだからしょうがないだろうが――って言うか、お前たちの世界にゃオークやゴブリンなんてのがいるのか？」

「ああ、いるぜ。ラミアとかグリフィンとかマーメイドとか……物質界にはいないのにオマエら人間に存在するって思われてた種族は、みんなこっちにいるんだ」

そんな話をきっかけに、俺は二人からサキュバス国とやらにおける多種族との関係について話を聞いた。

そもそもサキュバス国がある夢幻界なる世界には、サキュバス以外の様々な種族がいるらしい。俺たちの世界で妖精だの怪物だの魔獣だのと呼ばれている存在だ。

そしてサキュバスは、自らの力を増すために数百年前から積極的に他の種族との混血を進めたというのだ。二人のバイコーンだのオルクスだのという名字は、もともとは先祖である幻獣や魔王の名前から取ったのだというのである。

「で、リマのやつはどうなんだ？　確かグリマナントカって名乗ってたが……」

「グリマルキン家か？　確か猫の幻想種族が先祖で……あんま有名な家系じゃねえんだよな？」

俺の質問に対し、イコがルクのほうを向いて確認する。

「ええ、そうですわね。オルクス家はもちろん、バイコーン家よりもはるかに家格は下ですわ。グリマルキンはもともと魔女の使い魔をするような種族でしたし――口さがないサキュバスの中には、監督官さまを成り上がりなどと評する方もいるようですわね」

「そうか……サキュバスの社会の中にも生まれや家柄で差別みたいなものがあるんだな。やれやれ、夢のない話だぜ」

俺は思わず天を仰いで溜息をついてしまう。

「あら、差別なんかではありませんわ。身分の高い者――例えば魔王オルクス様の血を引くわたくしたちは、人々を導くという崇高な義務を果たしているのです」

ルクが立ち上がり、自らの胸に手を当てて言葉を続ける。

「ですから、その見返りに少しばかりの特権を与えられるのは当然のことですわ。まあ、先生のようないかにも平民といった方には分からないことでしょうけど……オーッホッホッホッホ」

「授業中だってのにずいぶんとナメた態度を取るもんだな。どうやら個別に指導してやる必要があるようだ」

「えっ？　そ、それは――」

ルクが一転して狼狽《うろた》えた表情を浮かべる。

「ルク、お前は居残りだ。人間社会の礼儀ってやつをきっちり教えてやるぞ」

そして放課後――。

俺は見回りと称して学園内をひと通り歩き回った後、出発点である男子トイレに入った。ここは校舎の端の不便な場所にあるため、普段から滅多に利用者は来ない。放課後となればなおさらだ。

さらにトイレその物の出入口に、俺は「使用禁止」と書かれた紙を貼っておいた。これまでも、そしてこれからも、人が入ってくる心配はない。

「まあ、あいつにはそのことを教えてないから、さぞスリルを味わってくれただろうけどな……」

俺はニヤニヤと笑いつつ、いちばん奥の個室へと向かった。

「へへへ……いい格好だな、ルク」

「うぐ……」

両手首と右膝を縄で戒められた上に上方向に吊るされたルクが、呻き声を上げる。

狭い個室の中、ルクは片足立ちを強制されている。その豊満な体にまとっているのは制服ではなくサキュバスのコスチュームだ。しかも乳首と股間を隠している布地はなく、大事な部分は何もかもが剥き出しになっている。

この格好のまま、ルクは小一時間ほどこの場所にいたことになる。もちろん全て俺がさせたことだ。

ルクを縛っている縄は個室の上部に差し渡したモップに吊るされているだけだ。なのでもしルクが本気で暴れれば外れかねないのだが、もちろんそれはブルーベルで禁じている。

「どうだ、少しは反省したか？」

「何を仰《おっしゃ》ってますの？ 先生のほうこそ、監督官さまに借りたベルの力でこんなことをして——恥を知るべきですわ！」

「ったく、その生意気な態度を改めろって言ってんだよ」

俺は屈み込んでルクの股間に顔を近付ける。

「い、嫌です。見ないでください！」

「おいおい、マンコが濡れちまってるぞ」

ルクの肉厚のラビアは卑猥にめくれ、割れ目から溢れた愛液がムチムチした太腿のほうまで垂れている。

「それは汗ですわ。べつに濡らしたわけではありません！」

「下手な嘘をつくのもいい加減にしろって。こんな粘っこくて牝臭い汗があるわけねえだろ」

「ううぅ……」

「放置プレイに興奮したのか、それとも男子生徒たちに一方的に犯されるのを想像して欲情しちまったのか——どっちにしろ、サキュバスとしては失格なんじゃねえか？」

「何てことを！　オルクス家の一員であるわたくしに無礼が過ぎましてよ！」

「そっちが名家のお嬢様だろうが何だろうが俺には関係ねえんだよ。今のお前はただの吊るされた牝に過ぎねえんだ」

「フン……メスだなんて、野蛮な人間に相応《ふさわ》しい物言いですのね」

ルクが不安定な姿勢で精いっぱいの虚勢を張る。

「だいたい、先生がブルーベルの力を使ってわたくしにこんな格好をさせているのは、わたくしとセックスがしたいからでしょう？　でしたら回りくどいことをせず、素直にそう仰ればいいんですわ」

「上から目線で何言ってやがる。お前にはこれで充分だよ」

俺は隠し持っていたバイブレーターを取り出す。

「なっ——何ですの、そのオモチャは。そんな見るからに安物な道具なんて、わたくしのオマンコには合いませんことよ」

ルクがフン、と鼻を鳴らす。

「わたくしは下のお口もグルメですの。そんな安っぽい造りのオモチャなんかで感じたりするわけありませんわ！」

「なるほど、お嬢様はバイブも高級品じゃないと満足しねーってわけか」

俺はバイブのスイッチを入れ、ルクの秘部に無造作に当てる。

「ひうッ！　ンぐぐぐぐぐ……お、おッ、思った通りですわ……あくッ、ンううッ……ちっとも気持ち良くありませんわよ……！　あく、うぐぐぐぐ、ンぐッ、ンくううぅぅぅ……ッ！」

「おいおい、マンコがどんどんヌルヌルになってきてるじゃねえか」

「ふぐぐッ、ンぐうぅぅッ……で、ですから、それは汗ですわっ……！　はうッ、ンうううぅッ……先生ったら、記憶力がおありですの？」

「なかなか言うじゃねえか。それじゃあここにもっと汗をかいてもらおうか」

　俺はバイブの先端をクレヴァスに食い込ませ、割れ目をなぞるようにして往復させる。

「だ、ダメ、ダメッ……！　うああッ、ダメですッ……！　ンぐぐぐぐ……そ、そんな使い方ではぜんぜんダメですわッ……！　ちっとも感じませんからッ……！」

「おいおい、その割にはクリがビンビンになってるぞ。これで感じてないってのは無理があるんじゃねえか？」

「ンうッ、ううぅッ……何の話ですの……？　ふッ、ふッ、ンふ、ンふうッ……仰ってることの意味が分かりませんわ……あううぅぅうッ……！」

「それじゃあ分からせてやるよ！」

俺は愛液に濡れたバイブレーターの先端をルクのクリトリスに押し付ける。

「きひィいいいいいいィィィィーッ♥　ひッ、ひあッ、あああああッ、やめッ、やめてぇぇぇぇ～ッ！」

「おいおい、腰がヘコヘコ動いてるぞ！」

「うぐぐぐッ……うあッ、あああッ、イヤ、イヤ、イヤあぁぁッ……！　腰が――体が勝手にぃぃ～ッ！　ひィいいィ～ン♥」

まるで自らの秘部をバイブに押し付けるように、ルクがそのムッチリとした下半身を前後に動かし続ける。

「だいぶ気分を出してるようだな……。それじゃあもっともっとその気にさせてやるぜ」

「はぅうううぅぅン♥」

俺はバイブの先っぽをルクの肉穴に挿入する。

「おいおい、何の抵抗もなくヌルッと入っちまったぞ。もう完全にマンコが出来上がっちまってるじゃねーか！」

　俺はルクの蜜壺のごく浅い部分にヌポヌポとバイブを出し入れする。

「そッ、そッ、そんなッ、入口の所ばっかりぃぃ〜ッ！　ンあッ、あァあああッ♥　せ、切ないっ！　切ないですわあっ！　オマンコがとっても切ないですのぉ〜ッ！」

　ルクがさらに激しく腰を振り、股間から糸を引いて垂れている愛蜜がブランブランと揺れる。

「うぐぐぐぐ……く、悔しいっ……悔しいですわっ……！　あうッ、ンうぅぅぅぅッ……ブルーベルさえなければこんなことにはぁぁッ……！」

　ルクが歯を食い縛っては口を開き、甘く湿った吐息をつくということを繰り返す。

「ンはッ、はッ、はくッ、うくぅぅぅぅッ……！　も、もう、いい加減になさってえっ……！　ンふ、むふぅぅン♥　ひと思いに奥まで入れてっ！　入れてぇぇ〜ッ！」

「それが人にものを頼む態度かオラッ！　礼儀だの何だの言うんだったら口の利き方に気を付けやがれ！」

　俺は振動を続けるバイブの先端で膣穴の入り口をグリグリと抉り、さらには完全に勃起したクリトリスをツンツンとつつく。

「うぐぐぐ、ンぐ、うはぁぁッ……お、お願いッ……お願いしますぅぅッ……！　ふぅ、ふぅふぅ、早くイかせて……わたくしをイかせてくださいっ……！」

「お前のその情けねえ声……チンポにビンビン来るぜ」

俺は腰を突き出し、盛大にテントを張った股間部分をルクに見せつける。

「そんなに――ンぐ、ゴクッ♥　そんなにオチンチンを膨らませてぇぇ……ふぅ、ふぅ、ふぅ、ふぅ♥　早く、早くその大きくなったオチンチンを、わたくしのナカに入れてくださいっ……！」

「そんなんじゃ駄目だ。もっと工夫して俺を誘え」

俺はバイブを握っていないほうの手でジッパーを下ろし、青筋を立てていきり立っている肉棒を剥き出しにする。

「はうぅぅぅ……す、すごいぃぃ……♥　あッ、ああッ、あああぁぁ……先生のオチンポ、すごいぃぃ……はぁ、はぁ、はぁ♥」

ルクがあからさまに欲情した表情を浮かべ、自らのぽってりとした唇を何度も舐め回す。

「どうか、どうかお願いしますっ！　わたくしの卑しいオマンコ穴に、先生の逞しいおぺニスを入れてくださいっ！」

俺のイチモツを凝視したまま、ルクが声を上げる。

「このオマンコで絶対に気持ち良くしてみせますから、先生の男らしいオチンポ様をわたくしに恵んでくださいっ！　突っ込んでくださいいぃ～ッ！」

「へへ、そこまで言われちゃあしょうがねえな」

俺はバイブを引っ込め、そしてルクの背後に回り込んですっかりトロけている肉壺に剛直を挿入する。

「あァあああァァァあああァァァ～ッ♥」

「クソ、相変わらず気持ちいいハメ穴だな。突っ込んでやっただけでウネウネ動きやがって……！」

柔らかく肉厚なヒダヒダがミッチリと詰まった膣内にペニスを根元まで挿入し、しばし感触を楽しむ。

「うぐ――あ、あ、あのっ……動いてくださらないんですか、先生……ふぅ、ふぅふぅ、ンううッ……わたくしのほうは、もう心の準備ができてるんですけど……」

「うるせえな。もう少しお前のマンコ壺の味を堪能させろよ」

「そんな……はァ、はァはァ、このままでは生殺しですわ、先生っ……！　ンうッ、ううううぅッ……！　じ、焦らさないでぇ～ッ！」

ルクがもどかしげに腰を揺すり、ピストンを催促する。

「はうッ、はううぅン♥　早く早くううっ！　うふ、むふうぅン♥　お願い、早く動いてっ！　ピストンなさってぇ～ッ！」

愛液に濡れた粘膜と粘膜が小さくこすれ合い、たまらない快感が紡ぎだされる。

「何してんだコラ！　勝手に気持ち良くなってんじゃねえよ！」

俺はルクの体を押さえ付け、その動きを止める。

「ひどいっ！　ひどいですわあっ！　ううッ、うううッ！　これ以上わたくしをなぶらないでぇぇ～ッ！」

その豊満な体を激しくよじりながら、ルクが哀れっぽい声で懇願する。

「お、お願いします……！　オチンポ様をズボズボさせて、わたくしをアクメさせてくださいッ！　はァ、はァ、わたくしのイキたがりの我がままマンコを、あなたのオチンポ様でイかせてくださいぃッ！」

「チッ、しょうがねえな。感謝しろよ！」

俺はルクの下半身を抱え直し、ピストンを開始する。

「うあッ、あああッ、あはッ、ンは、はァあああああン♥　すごいぃぃッ！　コスれるううッ！　うぐぐぐッ、カリがコスれてるぅぅ～ッ！」

ルクが喉を反らして喜悦の声を張り上げる。

「オチンチンの出っ張ったとこが、中をゾリゾリこすってますのおぉ～ッ！　おおおォォッ、おほおぉン♥　これぇぇ～ッ！　これが欲しかったんですのぉぉ～ッ！　おァああアアァッ♥　オマンコこうしてほしかったのおォ～ッ！」

ルクの全身の肌が紅潮し、汗を噴き出す。

「ひあぁァァ～ッ♥　ダメぇぇぇ～ッ！　イクッ、イクッ、イクッ、イクッ！　もうイッ

「あうぅッ、あぅあぁアアァ～ッ♥」

ちゃうッ！　イッちゃいますわぁぁ～ッ！」

「おい、いくら何でも堪え性がなさ過ぎるぞ！」

「だ、だ、だってぇぇ～ッ！　オマンコずっと焦らされてたからぁ～ッ！　うァああアアァ～ッ♥」

くぅうウン♥　先生がイジワルするからですわぁぁ～ッ！

「人のせいにするんじゃねえっ！」

ルクの体からムワムワと立ち昇る匂いにいっそう高ぶりつつ、俺は抽送のピッチを上げる。

「あッ、あッ、あッ、あッ、あああぁァァァーッ♥　ダメぇぇ～ッ！　ダメですぅぅ～ッ！　うぐ、うぐぐぐッ！　オマンコもうイッてしまいますのおおッ！　あああぁ～ン、イックうううぅぅぅぅ～ッ！」

ルクが呆気なく最初の絶頂に達し、その膣肉がギュムギュムと俺のモノを締め付ける。

「くうぅぅぅ……マジでイキやがった……ふうッ、ふうッ、どこまでザコマンコなんだよお前っ……」

俺はピストンを中断し、ルクのたわわな乳房をネチっこく揉み始める。

「ンぐぅううぅッ……♥　ンふ、むふぅぅ……ざ、ザコマンコだなんてぇ……ンふッ、むふぅぅ……ひ、ひどいですわぁぁ……あううぅぅッ♥」

「ザコをザコといって何が悪いんだよコラ!!」

俺はルクの胸を鷲掴みにしたまま、不意打ちでピストンを再開する。

「はうッ！　はぐぐぐッ！　ンぐ、ンふッ、ンはッ、ンぁぁあああッ♥」

「オラオラオラッ！　どうだ、これが俺の本気ピストンだ！　さっきまでは手加減してやってたんだぜ！」

「やァあアアァァ～ッ！　な、な、何コレッ⁉　何ですのおおおッ⁉　ンおッ、おォおおおおおッ♥　すごッ、すご過ぎるうぅぅ～ッ！」

ルクの体が新たな汗を噴き出し、大量の愛液が結合部から溢れる。

「こ、こ、これが、これが先生の本気なんですのおおッ⁉　ンおおッ、おォおおおッ♥　つ、強過ぎますわぁぁ～ッ！　あああァァァ～ン♥」

媚びた声を上げながら、ルクが髪を振り乱して悶える。

「うァあああァァ～ッ♥　ダメぇええエエエ～ッ！　こ、こんなッ、こんなのかなわないイィ～ッ！　ひぐッ、ひぐぐッ、ンひッ、ひぐぅううウゥウゥ～ッ♥」

ルクが体をよじるたびに、その柔肌に縄がギシギシと軋みながら食い込む。

「どうだ、まだ俺のことを馬鹿にするつもりか⁉」

「とんでもないですぅうッ！　うは、うはッ、うはァああァアァン♥　生意気ばかり言って申し訳ありませんでしたッ！　反省しますッ！　反省いたしますわあぁぁ～ッ！」

「だったらこのままイけッ！　オラッ！　謝罪アクメ決めろッ！」

俺はさらにピストンを加速させ、ルクの膣奥に肉棒の先端を繰り返しぶつける。

「イキますうッ！　イキますううッ！　ンはッ、ンはァあああン♥　お詫びのしるしにアクメしますううッ！　うひ、うひ、うひ、うひッ、ンひィいいいいィ～ッ！　イクうぅ～ッ♥　イックううぅ～ッ♥」

ムッチリとしたルクの体が激しくおののき、その股間から透明な液体が勢いよく迸る。

「イヤぁああァ～ッ！　お、お、お漏らしッ！　お漏らししてるううッ！　わたくしのオマンコお漏らししてますううッ！　気持ちイイときのお潮が漏れちゃってるのォ～ッ！　おッ、おほッ、ンおおッ♥　イクッ、イックううぅ～ッ！」

さらなる絶頂を極めてグネグネと動きまくる膣壺を、膨れ上がった剛直で容赦なく突きまくる。

「あぐッ、あぐぐッ、ンぐッ、ンはァあああッ♥　いッ、イッてますッ！　イッてますううッ！　ンうううッ♥　もうイッてますからああッ！　これ以上アクメさせないでくださいいいッ！」

「うるせえ、ワガママ言うなっ！　このままイキまくれっ！」

体の奥底から煮えたぎるようなザーメンが込み上げてくるのを感じながら、俺はなおも抽送を続ける。

「うひいィィーッ♥　ひいいィィーッ♥　イク、イク、イク、イク、イックうううぅぅ

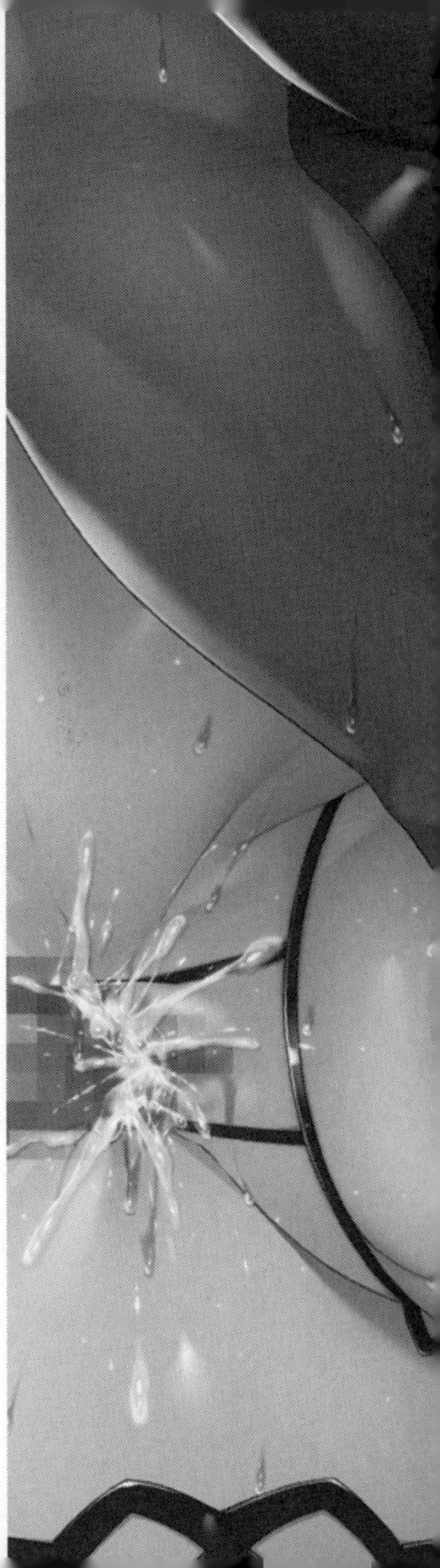

～ッ！　うァああァァ～ッ♥　ああああァァァ～ッ♥　もう許してッ！　許してくださいいぃ～ッ！　ひぐッ、ンぐぐぐぐッ♥　アクメ止まらなくなっちゃううぅ～ッ！」

「被害者面すんじゃねえ！　お前の絶頂マンコが気持ち良過ぎるからこっちの腰が止まんねえんだぞ！　全部お前が悪いんじゃねえか！」

理不尽極まりないことを言いながら、俺は最後のスパートをかける。

「ンほ、ンほ、ンほ、ンおォおおオオォォ～ッ♥　イッグうぅぅ～ッ！　イッグううぅぅ～ッ！　ぐひィいいいイイ～ッ♥　アクメし過ぎてオマンコこわれちゃいますうぅ～ッ！　うおおッ、おほォおおォォォ～ン♥」

「何だその動物みてえな声は！　バカにしてんのかクソッ！」

「ちッ、ちがッ、違いますううッ！　うぐぐぐ、うはァあああッ♥　先生のオチンポが気持ち良過ぎてェエエ～ッ！　えひィいいいいィィ～ッ♥」

とろけるように柔らかなルクの肉壺が強烈に収縮し、イチモツを滅茶苦茶に絞り上げる。

「クソぉぉぉ……もう出ちまうっ！　ふうッ、ふうッ、中に出してやるぞ！　感謝しろよコラッ！」

「あああッ、あはァあああァァァ～ン♥　しますうッ！　感謝しますううッ！　うほッ、おほォおおおおン♥　ナカ出しありがとうございますううッ！」

礼の言葉を繰り返しながら、ルクが不自由な体勢のまま、腰を揺する。

「うほ、うほッ、おほ、おほほォおおおッ♥　早くううッ！　早くわたくしの浅ましい子宮マンコにミルク恵んでくださいいッ！　ひぐぐぐッ♥　先生の貴重なオチンポザーメンで、わたくしのドスケベマンコにトドメを刺してえぇ～ッ！」

「ああ、出してやるっ――うおおおおおおっ！」

ぶびゅびゅうううぅぅーッ！　どびゅッ！　どびゅッ！　どびゅッ！　どびゅッ！

俺はコリコリとした感触の子宮口に亀頭を食い込ませ、そのまま欲望を解き放つ。

「うはァあああァァァあああァァァァーッ♥　熱いィ～ッ！　熱いィィ～ッ！　ひァあああアアアッ♥　熱いザーメンミルク出てるうぅ～ッ！」

子宮の内部に俺のスペルマを浴びながら、ルクがひときわ激しい絶頂を極める。

「すッ、すごッ、すごいいッ！　すごいですわああッ！　あああアアッ♥　すっごい出てるううぅ～ッ！　うぐううッ♥　わたくしの子宮マンコ、先生のオチンポ汁でイッパイになっちゃいますのおぉ～ッ♥　おほ、おほ、おほォおおおォォ～ッ♥」

ギューッ、ギューーッとルクの肉壺が収縮を繰り返し、俺の肉棒にさらなる射精をねだる。

「ま、まだっ、まだ出てるううッ！　ううウッ、うぐぅうううウッ♥　イグッ！　イグッ！　イグッ！　イグッ！　ンぐぐぐ、ふぐぅううううッ♥　オマンコおぉッ！　オマンコいぐううぅッ！　いッぐぅううううううぅ～ッ！」

「くうううぅ……生臭いアクメ声を出しやがってっ……！」

ルクの太腿に指を食い込ませながら、俺はようやく射精を終える。

「ううッ、うううウッ、うぐ、うはアァあああッ……♥　あッ……あッ……あッ……イッグ……イッグッ……ンぐぐ……い、い、イグぅうううう……ッ♥」

ルクの体がビクビクとおののき、その肌が大量の汗でヌメる。

「あううぅッ……ンくうううぅ……♥　しゅごいいい……しゅごいのおおお……おほッ……おほぉおおン……オチンポザーメンしゅごいぃいいい……ッ♥」

「おいルク……お前、俺が一回射精するまで何回アクメしやがった？」

「ふぇ……な、何回……？　あう……あううぅ……わ、分かりませんわ……あうぅ……あんまりたくさんで分からないですのぉぉ……」

「ったく、ザコマンコにもほどがあるぞ！　そんなんでサキュバスとしてやってけると思ってんのか？」

「うあぁぁぁ……す、すいません……すいませんっ……！　許してください……はぁ、はぁ、心からお詫びしますぅぅ……うひ、ひぃぃぃン……♥」

ルクが謝罪の言葉を口にするたび、根元まで肉棒を咥え込んだままの膣肉が卑猥にウネりまくる。

「ったくしょうがねえな……。オラッ、これで終わりじゃねえぞ！　まだまだお前のザコマンコを俺のチンポで鍛えてやる！」

「はわあぁぁぁッ……♥　ま、ま、まだ、このオチンポ様で……？　はうッ……ンううぅぅ……そんなの……そんなのぉぉ……♥」

「へへッ、嬉しそうな声を出しやがって――ほら、縄を解いてやるから服を脱げ。それからこいつを身に着けるんだよ！」

俺は湯気が立ちそうなほどになっているルクの膣穴からペニスを引き抜いた後、ある物をルクに差し出した。

学園の敷地の隣には、やや大きな公園がある。

公園と言っても、デートスポットに使われるような洒落た場所ではない。ただ広いだけのごくありふれた児童公園だ。この季節は生垣が生い茂っているため、道路側から中の様子はほとんど見えない。

俺は、すっかり日の暮れたその公園にルクを連れ出した。

昼間は生徒や親子連れなどで賑わうのかもしれないが、この時間にはまるで人影がない。

その場所で俺は、全裸に大型犬用の首輪を嵌めただけというルクを歩かせたのである。

「はぁッ、はぁッ、はぁッ、はぁッ……♥」

マゾ性を刺激されているのだろう。ルクがすっかり欲情した表情で荒い息をつく。

「ンく……ンんんんんッ……あ、あの、先生……いつまでこんなことをさせるんですの……？」

「ふふふ……だいぶ出来上がってるみてえだな。マンコにチンポを突っ込んでほしくてたまんねえんだろう？」

「ううう……わ、分かってらっしゃるくせにっ……！」

ルクが俺の顔を睨みつけてから視線を落とす。その先にあるのは見事なまでにテントを張った俺の股間だ。

「こいつをくれてやってもいいが、その前にやってもらうことがある」

「ううっ……な、何ですの……？」

「そこで四つん這いになって犬の格好で小便するんだよ」

「い、犬の……!? そんなことできるわけありませんわ！」

さすがに怒りを覚えたのか、ルクが八の字になっていた眉を吊り上げる。

「できないってんならいいぜ。このままイコの奴を呼び出してハメるだけだ。ブルーベルさえ使えばあいつは言いなりだからな」

「うぐぐぐぐ……」

「よーし、そうと決まればさっさと終わりにして帰ろうぜ。俺もチンポのイライラを一刻も早く解消したいしな」

俺はこれ見よがしに自らの股間の膨らみを撫でさすってみせる。

「ううう……！ ま、待って、待ってください！ やりますわ！ やればいいんでしょうっ！」

「ほぉ～、だったら早くしろよ。四つん這いになって片足を上げるんだぜ」

「くっ……」

悔しげな表情を浮かべながら、ルクが俺の言った通りのポーズをとる。

「こ、こ……これで、いいんですの……？」

「ああそうだ。マンコが見えるように足をちゃんと上げたままにするんだぞ」

俺は前屈みになってルクの股間を覗き込む。

「それにしてもとんでもない濡れ方だな。もう小便を漏らしてるみたいになってるぞ」

「ううぅっ……い、言わないでぇぇ……♥」

ルクのぽってりとした秘唇がヒクヒクとおののき、新たな愛液が糸を引きながら垂れ落ちる。

「何が言わないでだ。自分がマゾのド変態だってことは自分でも分かってるんだろう？　さっきも便所でさんざんマゾアクメをキメてたじゃねえか」

「違います……違いますわ……！　ふうッ、ふうッ、ふうッ……♥　誇り高いオルクス家の娘が……あうッ、ううう ッ……こともあろうにマゾの変態だなんてっ……！」

「そんな情けねえ姿をさらして股ぐらをビチョビチョにしながら何言ってやがる。お前は男にいたぶられて喜ぶドマゾなんだよ！」

「絶対に有り得ませんっ！　ううッ、うううッ……わ、わたくしがマゾだなんて……はふ、ふうぅン♥　いい加減なことおっしゃらないでぇぇ……♥」

「うっせえ！　いいからそのまま小便しろっ！」

「は、ハイいぃっ！」

思わずといった感じで返事をしてから、ルクが放尿を始める。

「はううッ、ンうううぅッ♥　わ、わ、わたくしっ、何をやってますのおっ!?　おッ、おおッ、おおおッ、おァあああァァ～ッ♥」

じょろろろろ……という音を響かせながらレモンイエローの尿液を迸らせるルクが、

甘たるい悲鳴を上げながらぶるぶると全身を震わせる。

「あっダメッ！　ダメ、ダメ、ダメ、ダメえぇッ！　こんなのダメですのにぃぃッ——うァああァァァッ♥　イク、イク、イク、イクうううぅ〜ッ！」

まだ小便を撒き散らしている下半身をヘコッ、ヘコッと動かしながら、ルクが絶頂に達する。

「なんだお前？　外で小便しながらイッちまったのか？」

「あああぁぁぁ……ウソ、ウソぉぉぉ……こんな無様なイキ方……はッ、恥ずかし過ぎますぅ……ううウッ、うふううぅぅぅ〜ン♥」

ピュッ、ピュッと小便の残り汁を排泄しながら、ルクが媚びるように鼻を鳴らす。

「犬の格好で小便漏らしながらマゾアクメかよ。ったく、本当に救いようのねえ変態だな！」

「やあぁぁぁ……お、お、仰らないでぇぇ……っ！　これ以上、わたくしのことを苛《いじ》めないで……辱めないでくださいぃぃ……♥」

「苛めるだと？　人聞きの悪いことを言ってんじゃねえ。俺はお前の変態趣味に付き合ってやってんだぞ！」

「そ、そ、そんなぁぁ……」

「お前は変態なんだ。人間になぶりものにされて喜ぶドマゾなんだよ！　分かったらマゾらしくチンポをねだるんだよ！」

「あああぁぁぁ……イジワルぅ……ふぅふぅ、先生のイジワルぅぅ……はふ、ンふッ、ンふううぅぅ……♥」

ズボンを突き破らんばかりに勃起しているイチモツに、ルクの熱い視線を感じる。

「ううッ……うあぁぁぁぁッ……だ、ダメぇぇ……♥　わたくし、もうガマンできませんわぁ……はううッ、うふうぅ～ン♥」

「――我慢なんてしなくていいんだぜ、ルク。こいつが欲しいんだろう？」

俺はわざと優しい声を出しつつ、ズボンのジッパーを下ろして肉棒を露わにする。

「はわあぁぁぁッ……♥　ほっ、欲しいっ……欲しいですわっ！　先生の逞しく勃起したオチンポが欲しいんですのおっ！」

隆々と反り返った勃起ペニスを目の当《まあ》たりにした瞬間、理性が決壊したかのようにルクがまくしたてる。

「お願いですっ……！　お願いしますぅぅっ……！　わたくしの卑しい牝マンコに、先生のオチンポ様を恵んでくださいっ！　突っ込んでくださいいいいっ！」

「自分がマゾの変態だって認めるんだな？」

「ええ、ええ、認めますわっ！　わたくしは変態ですっ！　サキュバスにあるまじきマゾの変態ですうっ！　オチンポ欲しさに犬の真似をして、しかもオシッコしながらイッてしまうようなド変態ですのおっ！」

片足を上げた犬が小便をするポーズを保ったまま、ルクが必死な様子で言葉を重ねる。

「い、言いましたっ！　自分がマゾだとはっきり認めましたわっ！　ですから早くっ！　早くオチンポ入れてくださいいいっ！」

「よーし、それじゃあブチ込んでやるぜ！」

俺はルクの股間と同じ高さに腰の位置を合わせ、グチョ濡れになった膣穴を目指してペニスを前進させる。

ずぶぶぶぶぶぶうううううぅぅぅぅぅ～ッ！

「ンぅううううッ♥　うううッ、うぐッ、うはァあああああン♥　入ってくるううッ！　オチンポ入ってくるううぅぅ～ッ！」

夜の公園に、ルクの喜悦の叫びが響く。

「こッ、これぇッ！　これですのおおッ！　おほ、おほおおぉンッ♥　これが欲しかったんですのおおおォ～ッ！　おああアアッ、イクうううぅぅ～ッ！」

熱くトロけた蜜壺に剛直が根元まで収まった瞬間、ルクの体がビクビクとおののく。

「何だ、突っ込まれただけでアクメしちまったのか？」

「はッ、はッ、ハイいぃい……ッ♥　先生のオチンポが、あんまり男らしくてぇ……わたくしのザコマンコ、もうイッてしまいましたのぉぉ……♥」

「ったく、セックスはこれからだぞ？　そんな簡単にイッてんじゃねーよ！」

俺はルクの下半身を固定し、最初から容赦のないリズムで抽送を始める。

「ンはァあああぁあッ♥ だってッ！ だってえぇぇッ！ へぐぐぐッ♥ 先生のオチンポ気持ち良過ぎるからぁぁ〜ッ！」

口の端から涎を垂らしながら、ルクが俺のピストンに合わせるように喘ぐ。

「おっきくて、硬くって、それに熱くてぇぇ〜ッ！ あッ、あぁン、あうぅンッ♥ こんなのすぐにイッちゃいますわあぁ〜ッ！ あああッ、あひィいいィィ〜ン♥」

大きく張った男根のエラが、肉厚なマンコヒダと激しくこすれ合う。

ヒリつくような快感を堪能しながら、俺はなおもルクの尻に腰を打ち付け続ける。

「すごいッ！ すごいィィ〜ッ！ ひぐぐぐッ、ンほォおおッ♥ オチンポの出っ張りが、わたくしのナカをこそいでぇええッ！ えひ、ンひッ、うひいいッ、うッひッ、ぐひいいィ〜ン♥」

「下品な声で喘ぎやがって……。お前は犬じゃねえな。汚らしい牝豚だ！」

「はゎあああああぁあッ♥ ぶ、ブタっ⁉ わたくしがブタですってえっ⁉ ンおッ、おおおッ、おほッ、おふぅううぅッ♥」

「そうだ、豚だ！ 豚は豚らしい鳴き声を上げやがれ！」

俺はさらに抽送のピッチを上げるとともに、張り詰めた亀頭部分を膣奥深くに繰り出す。

「ンひいィィーッ♥ うひィィィーッ♥ やッ、やめッ、やめへェえええぇッ♥ へぐぐぐッ、ぐひィいいいィイィ～ッ♥」

「俺の言うことが聞こえなかったのか？　豚らしい声を出せって言ってんだよ！」

「おッ、おうううッ、おふううぅッ♥　子宮にッ――子宮マンコにオチンポ来てるううううぅぅぅ～ッ♥　ンひッ、ンひ、ンひ、ンひィィィ――ブヒッ、ブヒッ！　ンぐ、うぐぐぐッ、ブヒ、ブヒッ、ブヒぃぃ～ッ！」

「うおおぉぉぉ……何だこりゃ？　マンコの具合がますます良くなってっ……！」

膣肉のふわトロ感はそのままに、蜜壺全体がイチモツをギュムギュムと激しく締め付けてくる。

「ブヒッ、ブヒッ、ブヒぃぃッ♥　いかがですかっ!?　あああッ、あはあぁン♥　わたくしのオマンコはお気に召しましてっ!?」

「くうぅぅ……クソッ！　ザーメンがメチャクチャ込み上げてくるぜっ……！」

俺はひと回り大きく膨らんだ肉棒をさらに激しくピストンさせる。

「ンひィィ～ッ♥　ブッヒぃぃ～ン♥　かッ、感じるうぅ～ッ！　感じますううぅ～ッ！　子宮マンコでオチンポ感じちゃうううぅ～ッ！」

白い肌を汗まみれにしながらルクが喘ぎ、悶える。

「へ、ヘンタイなのにぃっ！　ブタさんの真似しながらセックスするなんてヘンタイなのにぃぃ～ッ！　あああァァ～ッ♥　気持ちイイぃぃ～ッ！　ブヒ♥　ブヒ♥　ブヒ♥　ブヒいぃン♥　ヘンタイセックス気持ちイイのおおォ～ッ！」

ムギュウウウゥゥゥ～ッ！　とルクの肉厚なマンコ壺が俺のイチモツを愛しげに食い締める。

「や、ヤベエっ……！　これじゃマジで出ちまうっ！」

大量の精液によって肉棒内の圧力が高まっているのを感じながら、俺はラストスパート
に入る。

「あァああアアァァァ～ン♥　出してぇ～ッ！　オチンポミルク出してくださいぃぃ～

ッ！　ンひッ、ひィいいいン♥　わたくしの卑しい子宮マンコに、先生の貴重なザーメン
を注ぎ込んでくださいぃぃ～ッ！」

ルクが激しく腰を揺すり、その肉厚なマンコ壺で俺のイチモツを扱《しご》きまくる。

「ブヒッ、ブヒッ、ブヒッ、ブヒヒッ♥　イクッ、イクぅううッ！　今度はッ！　今度
は先生も──ご主人様もいっしょにいいぃ～ッ！　いッひィいいいィ～ン♥」

「出すぞ、出すぞオラッ──くうううううッ、出るううううッ！」

ぶびゅびゅびゅびゅびゅどびゅるッ！　どッびゅうぅうううううううぅ～ッ！

俺はルクの股間に腰を密着させ、大量の精液を膣奥にぶちまける。

「ンほォおおおおオオオォォ～ッ♥　熱いッ！　熱いぃぃ～ッ！　ご主人様のザーメン熱
いのおおぉぉ～ッ！　おおおォオ～ッ♥　イクううぅぅぅ～ッ！」

ミッチリと肉の詰まったルクの膣壺がグネグネと激しくうごめき、俺の剛直から更なるザーメンを搾り取る。

「ンひぃィーッ♥　ブヒぃぃぃーッ♥　すごいいィィーッ！　まだ出てるうゥゥーッ！　うぐ、うぐぐぐ、うはァあああッ♥　オチンポすご過ぎるうぅぅぅ～ッ！」

ルクが長い髪を振り乱し、快楽の叫びを上げ続ける。

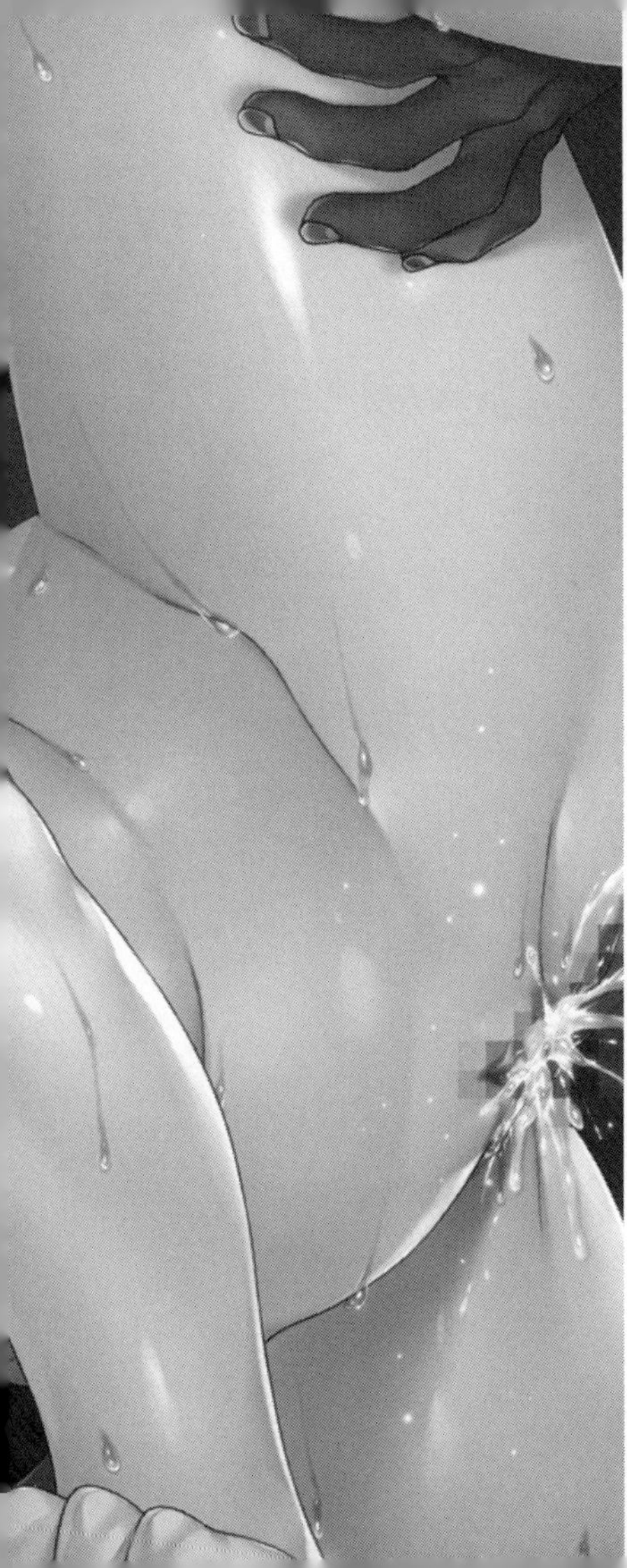

「こ、こんな、こんなスゴいオチンポ様に勝てるわけないぃ～ッ！　ひィ♥　ひィ♥　ひィ♥　勝てるわけないのおォ～ッ！　おおおオオッ♥　くッ、屈服しちゃうッ！　オマンコがオチンポ様に完全屈服しちゃうぅぅ～ッ！」

ビクビクッ、ビクビクッとその体を間欠的に痙攣させながら、ルクがしつこく絶頂を貪る。

そして——。

「あへぇぇぇぇ……ッ♥」

自らの体を支えきれなくなり、ルクがその場に突っ伏す。

「おッ、おほッ、ンおぉぉぉ……イグ……イッグ……イッグぅぅぅ……♥」

自らの尿が染み込んだ地面にだらしなく腹這いになったまま、ルクはいつまでもヒクヒクと体をおののかせていた……。

その夜——俺はまたもや例の夢を見た。

同じ場所で同じ女を相手にセックスをする夢だ。

今夜の夢は、以前に見たときよりもさらに生々しくなっていた。

チンポを包み込む膣肉のヌルつきはもちろん、相手の甘い喘ぎ声や腰にぶつかる尻の感触まで、はっきりと感じ取れる。

「もっとじゃ……もっとわらわを楽しませるのじゃ……！　わらわが気をやることができたら、ご褒美にお主のマラからたっぷりと種汁を搾り取ってやるぞっ……！　むふふッ、ニャははははっ……！」

こちらを挑発する口調、ヌラついた狭い肉穴、下腹部に触れる柔らかな尻尾――。

俺はこの相手を知っている。夢の中で霞がかかった頭でも、こいつが誰か気付いている。

こいつは――。

「ンォおおおッ♥　イクのかっ⁉　もうイクのかっ⁉　ンふ、ニュふ、ンふふうぅッ♥　わらわの中にザーメンを漏らしてしまうのかっ⁉　まだわらわは気をやっておらんのに、もう果ててしまうのかっ⁉　まったくしょうがないヤツじゃっ！」

「うぉおおおっ……！」

女が――リマが激しく腰を前後に動かし、そのキツキツの膣壺が俺のシャフトを容赦なく扱く。

「うッ、うぐぐぐ――うぁあああああッ！」

びゅるるるるるるるッ！　ぶびゅびゅうううぅぅぅぅぅぅーッ！

「あああアアあああアアアーッ！　イクッ、イクッ、イクッ、イックうううううぅぅうーッ！」

俺の射精を子宮口で受け止めながら、リマが絶頂に達する。

普通なら夢精してパンツの中に漏らすぶんのザーメンまで、リマのマンコが貪欲に飲み込んでいく。精液とともに生命力まで吸い取られる。

「うううぅぅぅ……」

夢の中とは思えないほどに重苦しい疲労感を覚え、俺はその場に崩れ落ちる。

「ふうぅ～っ♥　ンふふふふ……まったくだらしないの～」

満足げな声で言いながら、リマが俺を見下ろす。

「マラのほうは及第点じゃが、テクニックがまるで足らん。ただ猿のように腰を振るだけでは、わらわを夢中にさせることなどできはせんぞ」

夢の中で体がうまく動かねえからだ――と反論したいところだが、口が動かない。

いっぽうリマは、特に俺の返事を待つことなく、部屋の隅に置かれた小さなテーブルへと歩いていく。どうやら俺が意識を失っていると考えているらしい。

「さて――ルクのやつ、こんなものの情報ばかり送ってきおって」

リマがテーブルの上に置かれた何かを手に取る。

それはアンティークな部屋の内装に似合わない、チープなデザインのプラスチックカップだった。パッケージを見るに、どうやらコンビニスイーツらしい。

「欧州プリン紀行……？　あちこちの国のプリンをシリーズにしとるのか。人間は色々と考えるの～」

椅子に座ることなく、リマはプリンの包装を解いて蓋を開けた。

「はむっ……むぐむぐ……うーむ、やたらとズッシリした食感じゃな。甘いことは甘いが滑らかさに欠ける。イギリス風プリンとやらは、ややハズレといったところか」

行儀悪くプリンを歩き食いしながら、リマが部屋を出ていく。

――その後しばらくして、俺はようやく疲労から回復した。

「うぅ……」

呻き声を上げながら、ゆっくりと立ち上がる。

体を苛《さいな》んでいた疲れはどこかに行ってしまったが、頭の中はさっき以上にぼんやりとしている。

周囲の全てが歪み、リアルさを失っていく。思考は朦朧としているのに切迫感だけが高まる。夢が覚めかけているときに感じるアレだ。

「それにしても――ここは、どこだ……？」

もちろん俺が今いるのは夢の中だ。それは分かっている。しかしそうだとしても、まるで見覚えのない場所を夢に見るのは普通ありえない。

ありえないと言えば、見たことも聞いたこともないタイプのプリンが夢の中に登場するのも不可解だ。つまりこれはどう考えても普通の夢ではない。

「ってことは、ええと……つまり……ここは、どこなんだ……？」

よろよろと覚束《おぼつか》ない足取りで窓に近付き、カーテンを開ける。

そこには、見たことも想像したこともない風景が広がっていた。まさに異世界だ。

「………！」

「もしかして、ここは——俺は——俺の魂ってやつは……」


夢の中で何かに気付きかけたところで、俺は目を覚ました。

目を覚ませば夢の中の記憶は急速に失われていく。何かエロい夢を見たということだけは覚えているのだが、細かい内容は忘却の彼方だ。誰が登場して、そいつと具体的にどんなことをしたのか、どうしても思い出せない。

このところ、俺は毎晩のようにスケベな夢を見ている。

しかしそれも不思議な話ではない。今の俺は落第サキュバスの再教育を仕事にしているのだ。その経験が夢に反映されるのはごく当然のことだ。

つまり俺が淫らな夢を見続けることに、何もおかしなことはないのである。

ないはずなのだが——。

出勤途中、俺は朝からコンビニで買い食いをしているルクを見付けた。どうやら購入したのはヨーロッパ各国のプリンをシリーズ化した商品らしい。

そいつを美味そうに食べ歩きしているルクの姿が、なぜか妙に心に引っかかった……。

第六章　全裸魔女団《ストリークウィッチーズ》の陰謀

「ふぅ～っ……」

寝床の中で暗い天井を睨みながら、俺はこれまでのことを回想した。

「最初の頃はどうなることかと心配してたが、思いの外うまくいったな……」

この一週間ほどの間、俺はイコとルクの体を存分に楽しんだ。そして二人のほうも、俺とのセックスにドハマリしている様子だ。

その留学期間もあと二日――最終日に居残りはさせられないだろうし、イコやルクの体を自由にできるのは実質的にあと一回といったところだろう。

「何かやり残したことはないか……？　こんな機会は滅多にねえ。後悔しないようにしないと……」

横になって目を閉じながら、俺は考えを巡らす。

「……ひとつ、あるな」

俺はリマに借りを返してない。あいつにはとにかくやられっぱなしだ。

「リマの奴には何とかしてひと泡吹かせてやらねえと……何か……何か弱みを握って……」

しかし、リマは俺にブルーベルを託して以来、一度も姿を現していない。そんな相手の弱味を握るなんてどだい不可能だ。

「リマの住処《すみか》にでも忍び込めればいいんだが……いや、そりゃあ無理だろうな。あいつは夢幻界とやらにいるんだし……さすがにイコやルクもリマに逆らうようなことはしねえだろうし……」

それにしても――。

俺はどうしてこんなにリマに執着しているんだろうか。

しばらく会っていない相手に対し、どうしてこんなにもしつこくイラつきを抱いているのか、考えてみれば不思議な話だ。

「そうだよな……俺……こんなに恨みっぽい性格してたっけか……？」

いつもの俺なら、イコやルクとのセックスが楽しくてリマのことなど忘れている頃合いだ。

「なのにどうして……」

リマとはしばらく会っていない。少なくとも学園にリマは姿を現していない。そのはずだ。だから俺はリマとはあれ以来会っていないはずなのだ。

「いや……俺は――」

俺は眠りに落ちながら、何か大事なことを思い出しかける。

「俺は……毎晩のように……リマに――」

このまま何とか思い出そうとするが、しかし人は睡魔には抗えない。まさに悪魔的な誘惑が俺を夢の中へと誘っていく。

そう、夢の中へ。

俺の魂は肉体から抜け、世界と世界を隔てる壁を越えて、リマの待つ夢幻界へと向かっていったのだった……。

ぶびゅびゅ！　びゅるるるるるッ！　ぶびゅびゅううううううううぅぅぅぅ～ッ！

「うぐぅううううううううっ！」

夢幻界の中にあるサキュバス国。

そのどこかに存在するであろう、リマの屋敷の一室。

そこに召喚された俺の魂は、肉体の中にいたときとまったく同じ感覚でリマとセックスし、彼女の膣内に大量のザーメンを放った。

「はあッ、はあッ、はあッ、はあッ、はあッ、はあッ……！」

リマから体を離し、床の上に大の字になる。

今回もリマのキツキツマンコに凄まじい量の精液を搾り取られてしまった。まだ鬱血して萎えきっていない肉棒が、ズキズキと痛甘く疼いている。

（思い出した……思い出したぞ……！　俺は毎晩のように夢の中に――夢幻界に呼び出されて、リマとセックスしてきたんだ……！）

どういう理屈かは分からないが、夢の中でなら、前の日に見た夢の内容を思い出すことができる。そして俺は昨夜も、その前も、ずっとずっとリマとセックスし、ほとんど一方的にザーメンを搾り取られていたのだ。要するに俺はリマという夢魔に現在進行形で取り憑かれているのだ。

俺がリマにひと泡吹かせたいと思っているのはそのためだ。俺は何とかしてリマとの立場を逆転させたいと考えているのだ。

「――のう、毒島」

「ッ……！」

いきなり名前を呼ばれて、俺はビクッと体を震わせてしまう。

「お主のマラ、まだ余力があるな？　どうやらわらわのマンコをもってしても、お主の精力を吸い尽くすことはできなかったようじゃのう」

「そ、それは……」

リマの言う通りだ。たった今大量にザーメンを放出したにもかかわらず、俺のモノは未だに勢いを失ってはいない。

「つまり今宵は、お主のマラをまだまだ味わえるというわけじゃな……むふふふ♥　さ

〜て、よいしょっと……！」

「うおっ……！」

リマが軽々と俺の下半身を持ち上げ、体全体を折り曲げるようにする。さらにリマは、天井を向いた俺の尻に馬乗りになった。

これは俗にいう「ちんぐり返し」の格好だ。あまりの屈辱と姿勢自体の効果により、まだ熱を帯びたままの血液が頭部に集中してしまう。

「今日はいささか魔力を使い過ぎてしまってな。どうやって精液エネルギーを補給するか考えておったのじゃ」

リマが俺の尻の上に座り込んだまま、その小さな手でペニスを握り、ゆっくりと扱きだす。ただそれだけの刺激で、萎えかけていた肉棒に再び力が漲っていく。

「じゃが、それだけの魔力を使った意味はあったぞ……むふふふっ♥　何しろブルーベルの力

を最大限まで引き出す魔法術式を完成させたのじゃからな」

リマが訳の分からないことを言う。ブルーベルに関する話だということは分かるが、それ以上のことはちんぷんかんぷんだ。

「ふぅ、ふぅ、ふぅ……そしてお主とまぐわえば、限界まで使い切った魔力も元通りとなる。今までの苦労も報われるというものじゃな」

リマの手コキが徐々にピッチを上げていき、俺のイチモツを的確に刺激していく。

「それにしてもあの汚職市長の息子——成り上がりのカラス先生には大感謝じゃ。あれだけ力のある呪文を作り出しておいてくれたのじゃからのう……ふふっ、ふふふふっ♥　これでわらわたちの悲願は成就する……サキュバス国は生まれ変わるのじゃ……！」

俺のモノを扱きたてながら、リマがあからさまに興奮していく。

「ふぅ、ふぅ、ふぅ……わらわのような天才魔女にザーメンを捧げる喜びを味わわせてやるぞ……むふふふふっ♥　ほれほれっ、盛大にぶちまけるがよいっ！」

手コキの動きに捻りまで加え、リマが俺のチンポを徐々に追い込んでいく。

「う、うぐ、うぐぐぐ……や、やめろっ……もう無理だっ……！」

「無理なものか。ちょっと可愛がってやっただけでマラをガッチガチにさせおってっ……！」

「うぐううっ……！」

リマが竿を握る手にギュッと力を込めことにより、鮮烈な快感が俺の股間を直撃する。

「このマラが、さっきまでわらわのマンコを突きまくっておったのじゃな……ふぅ、ふぅふぅ、あまりの快感に、さっきはつい夢中になってしまったぞ……はふ、ふうぅぅン♥本当に危険なチンポじゃ……今のうちに成敗してくれるっ……にひひひッ♥」

「ぐううぅぅっ……な、何が成敗だ……うぐッ、うあああッ……！」

いきり立った男根の先端から、俺の意志とは無関係にピュッ、ピュッと先汁が迸る。

「ニャははははッ、もうイキそうになっとるのか？　わらわの手コキが巧み過ぎるせいで、楽しむ時間が短くなってすまんのぉ～♥」

「こ、こんなふうにコケにされて楽しむもクソもあるかっ！」

「何、お主は楽しんでないのか？　それは実に残念なことじゃの～」

「うおおおおっ！」

リマの手がさらに激しく動き、凄まじいまでの快感に肉棒が情けないくらいにビクつく。

「むふッ、むふふふッ、だがわらわは楽しいぞっ♥　このようなデカマラをいたぶるのは最高じゃ……！　ほれ、ほれ、ほれ、ほれっ！　早くくっさいザー汁をビュルビュル漏らしてみせるのじゃっ！」

「うぐっ、ち、畜生っ……誰が漏らしたりするかっ――うあああああッ！」

大量のザーメンが尿道内に押し寄せ、ペニスを内側からパンパンにさせる。

「おおおッ、出すのか？　出すのかっ？　むふふッ、わらわの手コキでだらしな～く射精してしまうのかっ⁉　よいぞっ！　そのままみっともなく果ててしまうがいいっ！」

「うッ、うぐッ、うぐぐ、ぐぎぎぎぎぎッ……！」

痛みを覚えるほどの快感に目を眩ませながら、俺は歯を食い縛って耐える。

「おうおう、ボコボコと浅ましく血管を浮かせおって……何と見事なデカチンじゃ！　しかしどんなに立派なぶっとマラといえども、わらわにかかれば童貞チンコも同然じゃぞっ！」

竿を扱くリマの手がカリ首に到達するたびにぐるりと回転し、さらなる快感で俺を追い詰める。

「ぐあああぁッ！　駄目だ――出る、出るううっ！」

「出せ、出せ、出せっ！　このまま出してしまえっ！　ンふッ、ンふうぅッ♥　ビュビューッと思いっきり種汁を無駄撃ちするのじゃっ！　ニャはははははははッ♥」

「うぐぅうううううッ！」

どびゅびゅびゅびゅッ！　ぶびゅぅうううううううぅぅぅぅぅーッ！

とうとう俺は限界を迎え、屈辱的な姿勢のままビュルビュルと射精してしまう。

「ふぅ〜ッ、ふぅ〜ッ、ふぅ〜ッ、むふふふふッ♥　臭くて汚い汁が自分の体にかかってしまったのぉ〜♥　クックック、情けないのぉ〜♥　そんな無様な姿を見せられたら……じゅるるっ♥　もうガマンができなくなってしまうではないかっ♥」

リマがモジモジと腰を揺すり、しきりに舌なめずりをする。

「く、クソッ、ふざけやがって——いつかヒイヒイ言わせてやるっ！」

目の前が赤く染まるほどの怒りに襲われ、俺は下から声を上げる。

「おやおや、勇ましいのぉ～。それではいつかと言わず、今すぐわらわをヒイヒイ鳴かせてみせるがよいぞっ！」

「うぐううっ……！」

射精直後で敏感になっているイチモツの角度を、リマが強引に変える。

「さ～て、お主の今のマラで、わらわの最高級マンコに耐えられるかのう……？　そぉ～れっ♥」

「うぉおおおおおおおおおおッ!?」

リマの狭い膣洞が俺の男根を一気に飲み込み、粘膜同士がズリュリュリュリュッと摩擦する。

手コキとは次元の違う暴力的なまでの快感に、萎えかけていたチンポが一気に力を取り戻す。

「むふううぅ……ッ♥　あ、あれだけ出したクセにまだこんなにガチガチとはっ……！　褒美に、わらわのマンコで気持ちよ～くマッサージしてやるぞぉ～♥」

「ぐううぅっ……や、やめろっ……うあああッ！」

リマの肉壺がギュッ、ギュッ、ギュッ、ギュッ……！　と俺の肉棒を連続して締め付ける。

しかも締め付けてくるのは膣内の一か所ではない。入口から膣奥にかけて、何段にもわたるリング状の締め付けポイントが俺のイチモツを苛《さいな》むのだ。

「おッ、おおおッ……♥　中でまた膨らんで……もしや、もう精液を漏らしそうになっておるのか？　入れたばかりだというのに可愛い奴じゃのぉ～♥」

「ふぎぎぎぎぎぎッ……！」

動物じみた呻き声を上げながら、俺は懸命になって射精をこらえる。

全身の血液が股間に集中し、リマの小さなマンコに収まったイチモツをさらに膨張させる。

「あううッ、うふうぅぅぅッ……こ、ここまでぶっとくなるとはっ……！　むふ、むふぅン♥　カリのほうもキノコのように傘を張っておるしっ……！」

余裕の笑みを浮かべていたリマが、切なげに眉をたわめる。

「だ、ダメじゃ、もっともっといたぶってやろうと思ったが……ここまでチンポを良い具合にされては、わらわのほうが辛抱たまらんっ……！」

「ま、待て、何をするつもりだ!?　よせえっ！」

「黙れっ！　お主が悪いんじゃぞっ！　こんな凶悪なマラをしおってっ！」

リマが両手で俺の足首を握り、その華奢な腰を容赦なくバウンドさせ始める。

「おッ、おッ、おッ、おほッ、ンおおおおッ♥ これはっ……これはたまらんっ！ うぐ、ンぐぐぐ、ニャはァあああァァ〜ン♥」

「うああぁぁぁ……やめろっ……やめてくれえぇっ……！」

俺は身も世もないような声を上げ、リマに懇願してしまう。

「何を言うっ！ そんなのムリに決まっておるではないかっ！ あッ、あふッ、ふぐぐ、ンぐぅうぅッ♥ ここまでわらわを夢中にさせるとは、何と生意気なマラなのじゃッ！」

肉棒が膣内を一往復するたびに大量の愛液が溢れ、俺の下腹部に垂れ落ちる。

ただでさえ狭いリマの肉壺がキュンキュンと締まり、粘膜同士がこすれ合う快感をさらに鮮烈なものにしていく。

「ンおッ、おッ、おおッ、おおおおおッ♥ い、いかんっ、腰が止まらんっ……！ あふ、はふッ、むふふ、フミャあぁぁン♥」

「ぐぎッ、ぎぎぎぎッ……もうっ——もう動くんじゃねええぇっ……！」

「どうした？ わらわをヒイヒイ言わすのではなかったのかっ⁉ いまザー汁を漏らしてしまっては一生の恥じゃぞっ！ ンうッ、うううぅン♥ ほれ、頑張れっ！ 頑張れっ！ むふふッ、ニャははははッ♥」

リマが好き勝手に腰を動かすのに合わせて、その小さな体に似合わない巨乳がユッサユッサと揺れまくる。

「ぐううぅぅぅ……クソッ、クソッ、畜生ッッッ……！」

砕けそうなほどに奥歯を噛み締め、俺は何とか射精欲求の大波をやり過ごそうとする。

「ンううううッ♥　そ、そうじゃ、お主はやればできる男じゃっ……！　フン、むフン、むふふッ、ンうううぅン♥　その調子で、わらわが気をやるまでガマンするのじゃぞっ！」

リマが腰を小刻みに揺らし、膨れ上がった亀頭部分を自らのGスポットに擦り付ける。

少しざらついた独特の感触がペニスの先端部分を刺激し、切迫した快感が俺の全身に走る。

「ううッ、うぐぐぐッ、うぐうううぅぅぅッ……！」

「ンおおッ、おほおぉン♥　マラがどんどん膨らんでおるぞおっ……！　むふふふふッ、こんなに腫れてしまってはさぞ苦しかろう♥　いま楽にしてやるからのぉ～♥」

リマの膣穴が俺の肉棒を扱き、射精へと追い込もうとする。

チンポの中で痛いほどに高まるザーメンの圧力に、俺はギリギリのところで耐え続ける。

「ンふ、むふ、むふぅン♥　ま、まだ出さんのかっ⁉　あふッ、ふううぅン♥　本当に頑張るのう……ううッ、うあぁぁン♥　これはわらわも感心せざるを得んっ……ンぐぐぐ、ンふううぅン♥」

「うぐっ――今さら何言ってやがるっ……これまでさんざんバカにしてやがったくせにっ……！」

「むふふふッ、そう言うな。はふッ、ふうぅぅッ♥　褒めてやっとるんじゃから素直に喜ぶがいいぞ……はぁッ、はぁッ、はぁッ、はぁッ……！」

「うぐぐぐぐっ……！」

リマが腰の動きに捻りを加え、幾重《いくえ》にも重なった肉ヒダがチンポにいやらしく絡み付く。

「お主はよう頑張った……このまま気持ちよ～くチンポ汁を出してしまえっ♥　もし出してしまっても、わらわはお主を馬鹿にしたりはせんぞっ♥　じゃから遠慮なしにビュビュ～ッと出すがよいっ！　ンうッ、ンうううッ、ンふ、ンふうぅぅン♥」

リマの甘たるい喘ぎに、ヂュボヂュボという卑猥に湿った摩擦音が重なる。

「こ、これはいかんっ――ンはッ、ンはぁぁン♥　マンコがどんどん感じてしまうッ！　うううッ、うァあああン♥　これではお主といっしょに気をやってしまいそうじゃっ！　あぐぐッ、あくぅううぅッ♥」

リマのヨガリ声が切羽詰まった響きを帯びていき、その小さな体がアクメの予感にヒクヒクとおののく。

「お主のイキ顔をじっくりと拝みたかったのだが――まあ良いっ！　たまにはいっしょに果てるのも乙なものじゃっ！　これは負け惜しみではないぞっ！」

「ぐぐぐぎぎ……むしろ、お前を先にアクメさせてやるよっ……！」

「できもせんことを言うでないわっ！　ふうッ、ふううッ、ほれ、ほれ、ほれっ！　いっしょにイクぞっ！」

　リマがいっそう激しく腰をバウンドさせ、そのたわわな乳房が汗の雫を飛び散らせながら揺れる。

「はッ、はふッ、ンふ、ンふ、ンふぅぅッ！　ほれ出せっ！　出せえぇっ！　もうお主も限界なんじゃろうがっ！　あぐッ、ンううぅぅッ♥　マラがわらわの中でビクンビクン暴れとるぞっ！」

「ぐううぅぅぅッ……！」

　俺は獣じみた呻き声を上げるだけで、返事をする余裕すらない。

「ああッ、当たるうッ！　子宮に当たるううッ！　うぐ、うぐぐ、ンほぉおおッ♥　何というマラじゃっ！　わらわの子宮マンコを本気アクメさせようとするとは――あッ、あッ、あッ、ああああぁぁぁーッ！」

「ぐぁああああああッ！」

　ギュギュギュギュギュウウウゥゥゥ～ッ！　とリマの肉壺が収縮し、俺のイチモツを食い千切らんばかりに締め付け、とうとう俺の忍耐が決壊する。

　どびゅうううううううぅぅぅぅぅぅぅぅぅぅーッ！

「ひァあああああッ！　果てるッ！　果てるうぅ～ッ！　ンほ♥　ンほッ♥　おほォおおおおおン♥　おおオッ、イックぅううぅぅぅ～ッ！」

俺が射精すると同時に、リマも絶頂に達する
「うぐ、うぐぐぐ、うはッ、ンはァあああアアアッ♥　なッ、何というマラじゃあああッ！　あン♥　あはン♥　ンはッ♥　ああああアアアァァァ～ッ♥　イクううぅ～ッ！　イックううううぅぅぅ～ッ！」

リマの体が俺の尻の上で悶え、仰け反り、激しくくねる。

「はぐぐぐぐッ♥　ううッ、うううううッ、ンほッ、ンほォおおおおッ……♥　で、でかしたっ……でかしたぁあっ……あッ、あはッ、はああぁぁぁン……♥　わらわにここまで気をやらせるとはぁぁ……♥　はぁーッ、はぁーッ、はぁーッ、はぁーッ……♥　おッ、お主のマラっ……実に見事じゃぞおぉぉ……ッ♥」

ビクビクッ、ビクビクッ、とリマの体が断続的に痙攣し、その肉壺が俺のモノをなおも絞り上げる。

「うぐッ、ンぐぐッ、ンほおぉぉぉ……♥　お、終わった後でも、小さなアクメがぶり返してっ……はふ、はふッ、ふぐうぅぅ……イックうううぅぅぅッ……！」

「うぐぐぐぐ……」

リマの膣穴が執拗に俺の男根を食い締め、尿道に残ったザーメンをコキ出しては貪欲に飲み込んでいく。

「はぁ……はぁ……はぁ……はぁ……♥　ンふ、はふううぅぅ……今夜のところはここ

までか……」

リマが自らのマンコ壺から未練たらたらな様子で肉棒を引き抜き、ゆっくりと体を離す。

「ううぅっ……」

大量の精液を搾り取られ、俺は呻き声を上げながらその場で大の字になる。

――しかしこれは半分は芝居だ。実のところ俺は、まだ充分に余力を残している。

思考も朦朧としていないし、知覚も曖昧になっていない。自分を見下ろすリマの姿もはっきり見えているし、声も聞こえている。

「さて――名残は惜しいが、わらわも忙しい身じゃ。」

そんなことを言いながら、リマが立ち上がる。

「できればお主のマラから限界までザーメンを搾り取りたいところじゃが、それは明日の夜のお楽しみとしよう。そのときにお主がどれほどみっともない姿をさらすか、今から楽しみじゃの～♥　むふふふふふ……♥」

腹の立つことを言いながら、リマが俺を放置して部屋から出ていった。

それからしばらくして――。

「……さて……そろそろいいか」

俺はゆっくりと立ち上がり、周囲を見回す。

「はぁ、はぁ、はぁ……クソ……毎晩のように俺のチンポでいい思いしやがって……」

俺はぶつぶつと呟きながら部屋の中を歩き回る。

この後で目が覚めると、いつも俺は夢の内容を忘れてしまう。しかし夢の中であれば──夢幻界に招かれていれば、それまで見た夢の内容を思い出すことができる。

なぜそうなるかは分からない。もしかすると魂が肉体から解放されているせいかもしれない。だが、今のところはその理由はどうでもいい。

「ここは夢幻界──しかもたぶんリマの奴の本拠地だ。何かあいつの弱みにつながるようなものを見つけ出せれば……」

俺はこれまでリマにさんざんコケにされてきた。しかしここにならリマに逆襲するためのネタが存在するかもしれない。

恥ずかしい秘密を記した日記とか、若い頃に書いた自作ポエムとか、そういった類いのものがあれば立場逆転の糸口になる。

「もちろん、この世界の文字を読めなきゃ話になんねえんだが──」

俺は部屋の本棚の前に立ち、収められた書物の背表紙に目をやる。

「ん……？　んん……？　おいおい、何だか読めるような気がするぞ……！」

両目を通して、背表紙に書かれた文字の意味が頭の中に流れ込んでくる。

なぜ未知の言語が読めるのか、理屈では分からない。分からないのだが確かに読める。

なぜ倒れないのか説明できないまま自転車を漕いでいるような感覚だ。

「ええと……何なんだ、このタイトルは」

『アハ～ン断章』『エロボンの書』『オナペ経典』『ザ・セックス草稿』『ネクラロリコン』『無毛祭祀書』『乱心せし修道士クリアヌスの懺悔』など、など――。

固有名詞が多くてよく分からないが、どうやらここにある本の数々は魔法だの呪文だのについて書かれたものらしい。いわゆる魔導書《グリモワール》って奴だろう。

「ふーむ、どうやらここには目当ての代物はないようだな。となると、有望なのはこっちのデスクのほうか」

俺は本棚の近くにある机に視線を移す。

「ん……？　こいつは手紙か？」

机の上に置かれていた羊皮紙のようなものを手に取り、そこにずらずらと書かれている文章に目を通す。

「えーと、えーと……読める……こっちも読めるぞ……！」

どうやらこの羊皮紙は、リマ宛てに誰かから送られた手紙か何かのようだ。

「なになに……ブルーベルの真の力と、それを解放する呪文……？　うぐ……何だこりゃ……長きに渡る魔女の悲願……？」

細かい字でびっしりと書かれた文章に目を通していく。言葉遣いが回りくどい上にやはり固有名詞が多過ぎて、なかなか全体の意味を把握することができない。

「クソッ……読めるには読めるんだが、頭が猛烈に疲れてきやがる……ふぅ、ふぅ……宛名は……全裸魔女団導師《ストリークウィッチーズ》……リマ・グリマルキン……」

ただ文章を読んでいるだけなのに、目が、そして脳がえらく疲れる。

「おい……おい！　こりゃあ大変な内容じゃねえか。日記だのポエムだの、そんな生易しいモンじゃねえぞ……！　目を覚ました後もこのことを覚えていれば……うううぅ……や、ヤバい……気が遠くなってきやがった……」

思考がぼやけ、視界がかすんでいく。夢の中で文章を読むという行為は、どうやらかなり精神に負荷がかかることのようだ。

「ぐぐぐぐ……クソッ……忘れてたまるか……！　必ず……必ずにあいつに——リマにひと泡ふかせてやる……！」

目の前がどんどん暗くなっていき、意識が途切れ途切れになる。

だが、たった今知ったばかりのこの事実を忘れるわけにはいかない。俺は何とかしてこの記憶を物質界に持ち帰らなくてはならないのだ。

リマをひと泡吹かせるための記憶——。

つまりそれは、リマと対等に向き合うための記憶なのだ。

終章　淫魔たちの大乱交

留学期間の最終日――無人の教室の中でスマホをいじっていると、さっきまでただの壁だった場所にいつの間にか扉が現れた。

だが俺はもちろん騒いだりしない。本来なら超ド級の怪奇現象のはずなのだが、俺にとってこれはむしろ予想通りのイベントだ。

こいつは性感トンネルとやらの出入口――となれば、出てくる奴は一人しかいない。

「お主、居残り指導もせずに何をしとるんじゃ？　今日は留学期間最終日じゃぞ」

リマが、両手を腰に当てた偉そうな仁王立ちで俺に話しかけてくる。

「来てくれると思ったぜ……。お前と話がしたかったんだよ」

「お、何じゃ。わらわを抱きたくなったのか？　この身の程知らずめが」

「お前なあ、サキュバスなんだから身の程だの何だの小難しいことを言わずに、普通にセックスすればいーじゃねえか」

生意気そうなニヤニヤ笑いを浮かべるリマとは対照的に、かなり渋い表情を作りながら俺は言葉を続ける。

「そうやって今まで通り、人間から精液エネルギーとやらを頂くだけで満足してりゃあいいのに……どうして裏から支配するなんてことを考えたりしたんだ？」

「ほほぉ～、お主、夢の中のことを覚えておるんじゃな？」

「ああ、ちゃーんと覚えてるぜ。よくもまあ、あれだけコケにしてくれたもんだよな」

「ニャははは、怒るな怒るな。お主も泣いて喜んでおったではないか」

「だからそういうところが気に入らねえって言ってんだよ！　さんざんなぶりものにしやがって――」

「むふふっ、あれだけマラを気持ち良くしてやったというのに何を怒っとるのじゃ。人間どもは攻撃的でいかんの～」

余裕たっぷりの態度でリマが俺に歩み寄る。秘密が暴露されつつあることを少しも気にしていないようだ。

リマの秘密――それは、完成したブルーベルの真の力を使ってサキュバス国を裏から支配し、そしてサキュバスの見せる夢によって俺たち人間をも好きに操ろうというものだった。

現在のサキュバスが見せる夢は、リアリティに欠けているがゆえに人間の心に限定的な影響しか及ぼすことができない。そもそも夢なんてものは目を覚ませば途端に忘れてしまうような曖昧なものだ。

しかし物質界――現実世界における人間社会についての知識や情報を得るほど、サキュバスはリアルで生々しい夢を人間に見せることができるようになる。そしてそんな夢を見せられた人間は、覚醒した後も精神をコントロールされてしまうのだ。夢の中で無上の快楽を味わわされた人間が骨抜きになり、サキュバスの言いなりになってしまうのは自明のことだろう。

今回のサキュバス留学事業はそのための布石だった。リマは、ブルーベルによって支配下に置いたイコとルクが得たこの世界の知識と情報を吸収していった。リマが俺に見せる夢が次第にリアルになっていったのはそのせいだったのだ。

そしてこれはリマ一人による陰謀ではない。『全裸魔女団《ストリークウィッチーズ》』と名乗るサキュバス国の秘密結社が企てていたことだったのだ。リマの夢の中で俺が読んだ手紙の中に、そのことがつぶさに書かれていたのである。

「ったく、知らない間にくだらねえ陰謀の片棒を担がせやがって……！」

「くだらないとは何事じゃ」

リマが初めてむっとした表情を浮かべる。

「だいたいじゃな、人間は血と精液を無駄に流し過ぎる。下らん理由で争い合い、殺し合い……まったくもってエネルギーの無駄遣いではないか。それゆえわらわたちが――サキュバスがお主らの欲望と精力を管理し、有効に活用してやろうというのじゃ」

「大きなお世話だ！　ザーメンをどこでどう出すかくらいは自分で決めるってんだよ！」

俺はポケットから青い金属でできた小さなハンドベル――ブルーベルを取り出す。

「ぶふふふふっ！　お、お主、そんな物でわらわを脅かそうというのか？　本当に愉快な男じゃの〜」

リマが再びその口元に笑みを浮かべる。今度はあからさまな嘲笑だ。

「覚えておらんのか？　前にもいちど説明したであろうが。ブルーベルはわらわには効かんぞ。それとも人質ならぬモノ質にでもするつもりか？　確かにそいつは貴重ではあるが、後でいくらでも同じ物が作れるのじゃぞ」

「――Fair is foul, and foul is fair」

俺がその言葉を唱え終えた瞬間、ブルーベルは眩いばかりの光を放射し始める。そう、その言葉こそがブルーベルの真の力を解放する呪文だったのだ。

「なっ――なぜその呪文を⁉　わらわは夢の中でも口にしてないはず……！」

「そんなに驚くことじゃねえだろ。あれだけヒントをもらえりゃあ簡単だぜ」

動揺するリマに対し、今度は俺がニヤリと笑いかける。

「汚職市長の息子で成り上がりのカラスと言やあシェイクスピアだ。んでもってお前の苗字はグリマルキン……だったら『マクベス』を連想するのは当たり前じゃねえか。んでもって『マクベス』の中に出てくる魔女の呪文――綺麗は汚い、汚いは綺麗。いや、それとも善は悪なり、悪は善なりか？　何にせよ秘密の呪文にしてはお粗末だな！」

「ううぅぅぅっ……！」

魔法なんて何も知らない俺にでもわかる。ブルーベルはただ光ってるわけじゃない。そこから放射される力は桁違いに強くなっている。

「へへへへ、こいつでなら、お前にも言うことを聞かせられるんじゃねえか？」

俺はブルーベルを突きつけながらリマに迫る。

リマは金縛りにでもあったように動けない。ブルーベルの力によって心が萎えてしまっているのだろう。

「さーて、それじゃあどうやってこれまでの落とし前をつけてもらうかな」

「ぬぐぐぐぐぐ──な、ナメるでないっ！　人間風情がっ！」

一瞬、リマの体がブルーベルの魔力すら圧倒するほどに輝き──そしてその体にまとわれていたコスチュームが消滅する。

「どうじゃ！　積極的に肌を晒すことによって極限まで魔力を高める！　それこそが我ら全裸魔女団《ストリークウィッチーズ》の奥義じゃ！」

「クソッ、どうやら自由に動けるようになったみてえだな……でもお前、ブルーベルに対抗することで精いっぱいで、他の魔法を使うことはできねえんじゃねえか？　そうじゃなきゃ、今すぐ俺を催眠にかけるなり何なりするはずだもんなあ」

「くっ……」

リマが悔しげに唇を噛む。

「図星か――それじゃあ、これからは魔法抜きの一対一の勝負だぜ！」

俺は素っ裸のリマを床に押し倒す。

「フン、返り討ちにしてくれるわ……！」

リマは抵抗しない。むしろこうなることを予想していたかのように足を開き、万全の受け入れ態勢を取る。

「オラッ……！」

剥き出しの割れ目にチンポを押し当てると、それは難なく膣穴の中へと侵入していった。

「うぐッ……！　い、いきなりねじ込むとは、何とムードのない奴じゃっ……！」

「うっせえな。お前こそこんなにマンコを濡らしてやがって――本当は俺に犯されたかったんじゃねえのか？」

「馬鹿を言うでないわ……ンふ、ンふうぅ……確かにお主のマラを味わいたいとは思っておったが――ンふふっ、犯すのはわらわのほうじゃっ♥」

「うおおおおっ!?」

リマの牝壺がキュンキュンと細かく収縮を繰り返し、俺のイチモツを絶妙に刺激し始める。

「うっ、うぐぐっ、何だこりゃ……や、やべえっ……！」

「ほれっ、ほれっ、ほれほれほれぇぇっ♥　どうじゃぁ？　わらわのマンコ壺は気持ちいいであろう？　むふふふふふッ♥」

リマがクイッ、クイッと小さく腰を揺する。

「や、やめろっ……動くなっ……！」

俺は早くも込み上げてきたザーメンが漏れ出ないよう、懸命に下腹部に力を込める。

「なーんじゃ、もう降参か？　それとも、いろいろ理由を付けてわらわとまぐわいたかっただけなのか？　むふふふふ……本当に可愛いヤツじゃのぉ～♥」

「うぐぐぐ……ち、畜生っ、馬鹿にしやがってっ……！」

際限なく高まっていく快感に呼ばれるように熱い血液が股間に集中し、いきり立った男根をますます膨張させる。

「おっ、おおおっ♥　マラがどんどん膨らんで……ンふ、むふッ、むふぅぅ♥　この、中から押し広げられる感覚、たまらんっ……うあぁぁぁぁン♥」

「うぐぅうううぅッ……！」

リマの甘い声を耳にしてますます高ぶってしまいながら、俺はひと回り大きくなったイチモツを膣奥へと前進させる。

「あうッ♥　うあぁッ♥　な、な、何じゃっ!?　あぐッ、うぐぐぐ……子宮が押し上げられてっ……うあッ、あああぁぁぁぁッ……！　ここまで大きくなるとはっ……♥」

「ふうッ、ふうッ、ふうッ……へへへへっ、おい、何ビックリしてんだよ。夢の中でさんざん味わったチンポだろうが！」

俺は何とか落ち着きを取り戻した肉棒で、リマの最奥部をグイグイと圧迫する。

「ふぐぐッ♥　うあああぁン♥　あぐ、うぐ、ず、図に乗るなよ、毒島っ……！　これくらい予想のうち――ひああッ、あくぅうぅン♥」

リマの肌にじっとりと汗が滲み、結合部から大量の愛液が溢れている。

「リマ――お前、ずいぶん戸惑ってるじゃねえか。本当は夢の中でしかセックスしたことねえんじゃねえのか？」

「な、何を言う！　そんなはずが――あ、あ、あ、やめろっ……！　マラを揺するなぁああっ……！」

「図星かよ！　偉そうなこと言っておいてお前だって落第サキュバスじゃねえか！」

俺はリマを追い詰めるように、さらに肉棒を前進させる。

「うぐぐ……そんなことはないっ！　たとえ夢の中とはいえ、わらわは数えきれぬほどのマラを打ち負かしてきたのじゃっ！　お主だって、わらわに犯されてヒイヒイ言っておったではないかっ！」

「ああ、ちゃーんと覚えてるぜ。だからきっちり借りを返してやる！」

俺は下半身に気合を入れなおし、ピストンを開始する。

「ンううッ、うはッ、はぐぐッ、ンぐぅううううッ♥　こ、コスれるっ！　うううううッ、カリがコスれるうぅ～ッ！　あッ、あふッ、ふァあぁァ～ッ♥」

「甘たるい声出しやがって……誘ってんのかコラッ！」

「あうッ、うぐぐぐぐッ、ふ、不意を打たれてビックリしただけじゃっ！　あッ、あうッ、ンううッ、ンくううぅン♥」

「何言ってやがる。こんなにマンコをグチョ濡れにしやがってっ！」

溢れ出る愛液によって滑らかさを増した肉壺に、硬く強張ったペニスを激しく出し入れする。

「ンふ、ンふッ、むふ、むふううぅッ♥　お主こそ、マラをこんなにもイキらせおって……ふぅ、ふぅふぅ、本当はすぐにでも出したいのではないか？　チンポの中に、濃ゆ～いザーメンが満ち満ちておるのじゃろう？」

「ふぅ、ふぅ、ふぅ、ナメやがって……俺を早漏扱いするつもりか？　むしろお前のマンコをイかせまくってやるっ！」

俺はさらに抽送のピッチを上げ、ガチガチになっている男根でリマのマンコを突きまくる。

チンポの直径いっぱいに広がった膣穴の奥で、プニプニとした肉ヒダとカリ首とが激しく摩擦する。

「ンうッ、ううぅぅッ、ンぐぐ、ンあぁぁン♥　が、頑張るのう、お主っ……ンひひッ、それともわらわの極上マンコに夢中になっているのか？　そういうことなら、もっと夢中にさせてやるぞっ……！」

「うおあああッ！」

ギュウウゥ～ッ、とリマの蜜壺がきつく締まり、粘膜同士の摩擦がもたらす快感が一気に跳ね上がる。

「ほれっ、どうじゃ、どうじゃっ？　ガマンできなくなったら、わらわのマンコにドピュッと精液を漏らしてしまっていいんじゃからなっ！」

「うるせえ、誰が出すか！　いま終わらせちまったらもったいねえじゃねえかっ！」

ほとんど本気でそんなことを叫びながら、俺はなおも抽送を続ける。

「意地を張りおってっ……！ じゃが、たかが人間のチンポでサキュバスマンコに勝てると思うのか？ 思い上がりも大概にせいっ……！ むふッ、むふふふふッ♥」

「うおおおおっ……⁉」

リマの膣肉がさらに収縮し、浅ましく血管を浮かせた俺のシャフトを痛いくらいに食い締める。

「ンううッ、ンふううううッ♥ マラにザーメンが迫り上がってきとるなっ！ マンコにしっかり伝わっておるぞっ！」

リマが俺のピストンに合わせて腰を揺すり、摩擦の快感をさらに倍加させる。

「ぐぅうううううッ！」

「もうとっくに限界なんじゃろうっ？ ほ～れ♥ ほ～れ♥ そのガッチガチになったマラから気持ちよーくザーメンを出すがよいっ！」

リマが下半身の動きをさらに大きくし、俺のイチモツを追い詰める。

「ぐぎぎぎぎ……こん畜生ッ！」

「ふギャぁああああッ！」

俺は力任せに腰を突き出し、その勢いと自らの体重でリマの動きを封じる。

「クソッ、クソッ、クソッ！ いつもバカにしやがってっ！ 思い知らせてやるっ！」

「な、何をヤケクソになっておるっ！　こんな乱暴な抜き差しがわらわに通用するわけが――あッ♥　あああアアッ♥　あぐぐッ♥　ぐひィいいいィ～ッ♥」

そのいたいけな顔に似合わない生臭い声が、リマの唇から漏れる。

俺は歯を食い縛って射精をこらえながら、自らの腰をリマの股間に叩き付ける。

「ンひ、ンひッ、ひぐぐッ、おッ、おッ、お主ッ――ンあぁァァアン♥　待てッ！　待てぇえぇッ！　待てと言っておるのに――ひぅううゥゥッ♥」

俺は浅い場所を小刻みにピストンしては深々とチンポを突き入れるという動きを繰り返し、リマを翻弄する。

「うぐううぅぅ～ッ♥　うううぅぅぅ～ッ♥　う、嘘じゃ、嘘じゃあああッ！　あッ、あああッ、あはァあああン♥　このわらわが、人間チンポなぞに追い詰められるなんてぇぇ～ッ！　ンひ、ンひ、ンひ、ひぐぐ、うッぐぅううぅぅ～ッ♥」

リマの小さな体が新たな汗を噴き出し、その肉壺が絶頂の予感に痙攣する。

「い、いかんっ！　いかんっ！　果ててしまうッ！　ンううッ、うはァああン♥　人間チンポに一方的にイかされるううぅ～ッ！　うひィいいィィ～ン♥」

「くうぅぅ……畜生っ、たまんねえっ……！」

切羽詰まったリマの声が否応なく俺を高ぶらせ、さらなるザーメンがチンポの中に込み上げてくる。

「こッ、このままイッてなるものかッ！　せめてお主を道連れにぃぃ……ッ！」

「うわわわわわっ！」

リマの膣壺がいっそう強烈に締まり、俺は思わず声を上げる。

「ふぅ、ふぅふぅ、チンポがビクつとるぞ！　ほら出せッ！　出すのじゃッ！　あぁッ、あぁぁン♥　わらわといっしょにイッてしまうのじゃあッ！　あぐぐ、ンぐぅううッ♥」

「ぐうううぅぅぅ……クソッ、出るッ……！　出る、出る、出ちまううううッ！　早くッ、早くぅぅうう……ッ！」

ビュビュビュビュビュブビュビュウウウゥゥゥウウウウウウウウウウーーッ！

リマの股間に下腹部を密着させ、膣内に思いきり精液をぶちまける。

「ンひぃいいいいイイイイーーッ！　イクッ♥　イクッ♥　イクッ♥　イクぅうううううッ！　うぐッ、うぐぐッ、イクッ、イックぅううぅゥゥ〜ッ！」

狭隘《きょうあい》なリマの膣壺が激しく収縮し、俺のチンポを鬱血しそうなほどに締め上げる。

俺はリマの小さな体にのしかかり、二度、三度と腰を痙攣させ、大量のザーメンを肉壺に注ぎ込んでやる。

「はぁ、はぁ、はぁ、はぁ、はぁ……ど、どうだコラッ……うぐぐぐ……少しは思い知ったかよっ……！」

ピクリとも体を動かすことができないまま、俺はリマの耳元で声を上げる。

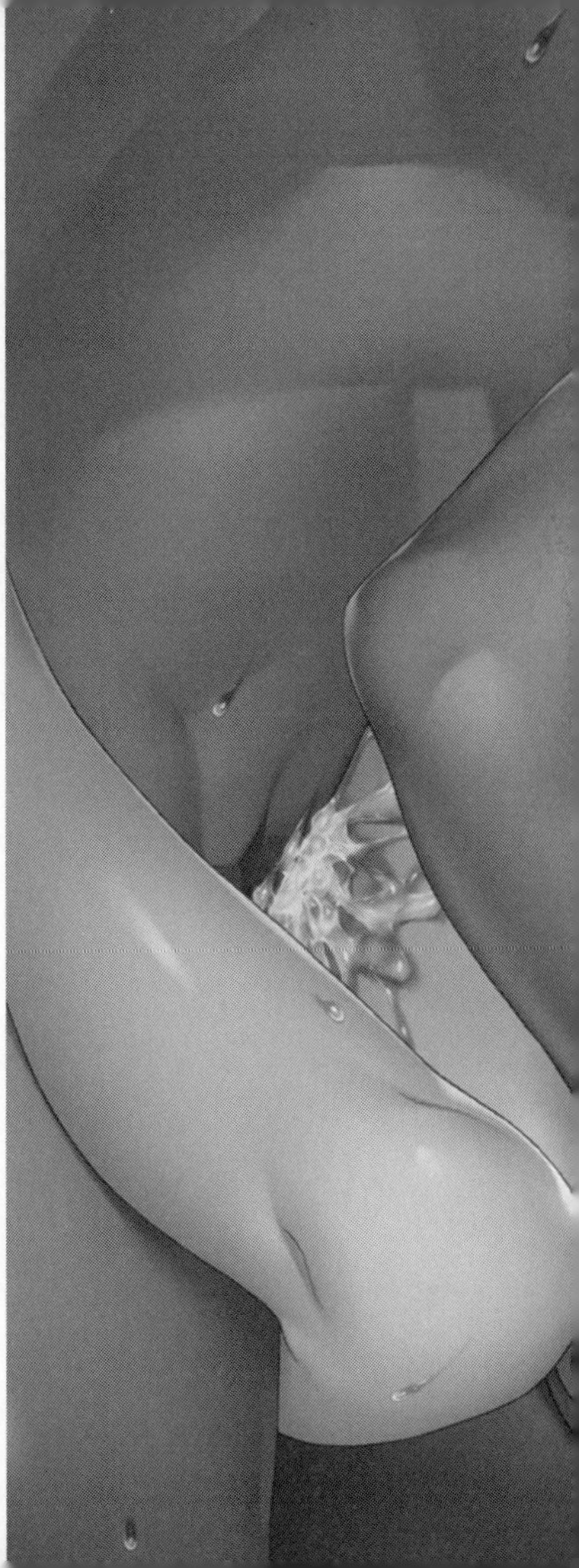

「はァ、はァ、はァ、はァ……ああ——そうじゃな。むふふっ、さすがお主はわらわが見込んだ男じゃ」

リマが俺の腰に足を絡め、グイッと引き寄せる。

「うおおっ⁉　く、クソッ、さっきのヨガリっぷりはぜんぶ演技だったってのか⁉」

「いやいや、そんなことはないぞ。まあ、本気半分、演技半分といったところかのう」

「半分だとぉ……？」

「ふふ、悔しがるには及ばぬぞ。お主はよく頑張った。わらわをあそこまで満足させてくれるとは、正直なところ予想外であったわ」

リマの小さな手が、汗まみれの俺の背中をまるでいたわるように撫でさする。正面から馬鹿にされるよりも屈辱的な仕打ちだ。

「しかしじゃな、一度や二度イッただけでわらわが言いなりになるわけなかろう？　その点については、少し見込みが甘いと言わざるを得んのう」

「ヘッ、相変わらずナメた口を利きやがって。本当は今の態度のほうが強がりなんじゃねえのか？」

「にひひひひっ♥　強がりかどうか試してみるがよいぞ……！」

リマが両足で俺の腰をがっちりとホールドし、クネクネと下半身をくねらせる。

「うぐぐぐぐ……クソッ、また立っちまう……」

まだ完全に萎えていなかった俺のイチモツがリマの膣内で力を取り戻していく。

「さーて、それでは本格的に搾り取ってやるぞっ！　足腰立たなくなったお主を完全にわらわのモノにしてやるからのぉ～♥」

そのとき――。

魔法によって人間からは隠匿されているはずの教室の出入口が、ガラガラと音を立てて開いた。

「そうはいかねえぜ監督っ！ 足腰立たなくなるのはそっちのほうだからな！」

「先生に逆らうことがどれほど愚かな行為か、思い知らせて差し上げます！」

現れたのはイコとルクだ。制服姿ではなく、露出度の高いコスチュームを身に着けている。

「フン、お主らの出る幕ではない。寮に戻って帰国後に提出するレポートでも書いておるがいい」

「そういうわけにはいきませんわ。ようやく出番が頂けたんですもの」

俺の体の下で口をへの字に曲げるリマに対し、ルクが涼しげな顔で反論する。

「ったく、できれば自分一人で片付けたいとか言いやがって……オマエだけじゃムリだって言ったじゃねーか」

一方イコは、俺に向かって生意気な顔で笑いかけている。

そう、俺はもしものときのためにイコとルクを教室の外に待機させていたのである。

イコとルクに協力を求めるべきかどうか、俺は最後まで迷った。

何しろ二人はサキュバスだ。たとえリマがサキュバス国を裏から支配しようとする陰謀組織の一員だったとしても、だからといって無条件に俺に力を貸してくれるとは限らない。

そもそも俺の言うことを信じてくれるかどうかも分からないし、信じたとしても手助けしてくれる保証もない。人間はサキュバスに支配されるべきだと考えている可能性だって充分にあった。

しかし俺は賭けに勝った。イコとルクはサキュバスのリマではなく、人間である俺の味方になると約束してくれたのだ。

「ナメおって……ブルーベルの所有者でないお主たちなどわらわの敵ではない。そもそもお主らはわらわに逆らえぬのだからな！」

俺の腰に足を絡めたまま、リマがイコとルクを睨み付ける。

よく見ると、リマの双眸《そうぼう》は妖しい光を放っている。どうやらイコとルクに下した魔法的な命令を強化しようとしているらしい。

「おいおい、無駄だぜ監督！　もうアンタの催眠魔法はアタシらには効かねえよ！」

「呪文でブルーベルの制御に成功した先生が、わたくしたちを解放してくださったんですわ！」

イコとルクが、まとわりつく何かを振り払うように首を振り——そしてリマに飛び掛かる。

「ふギャぁあああぁーッ！　な、何をするかっ！」

「これだけ近付きゃあお互い攻撃魔法を飛ばすことはできねえよなあ！」

「さあ、おとなしくなさいっ！」

教室の床の上で俺と三人のサキュバスが文字通り組《く》んず解《ほぐ》れつする。

——そして最終的には、仰向けになった俺の腰を、ルクに体を押さえ付けられたリマが跨ぐ形になった。

一方イコは俺の頭部を跨いでいる。目の前に迫るピンク色の秘唇がヒクヒクとおののき、物欲しげにヨダレを垂らしている。

「うぐぐぐぐ……放せっ！　この馬鹿力めっ！」

「ふふふっ、たかがグリマルキン族が力でオルクス族にかなうわけありませんわ」

リマは懸命に身をよじっているが、ルクに押さえられた体はびくともしない。どうやら体格差以上に腕力の開きがあるようだ。

「おいおい、チンポが抜けちまってるじゃねーか。情けねえなあ～」

「あの騒ぎの中で入れっぱでいられるわけねえだろうが！」

苦笑いしているらしいイコに対し、俺は反論する。

「オマエには監督をハメ倒してもらう大事な役割があるんだぞ。もっとチンポに気合入れとけよな」

「何がハメ倒すじゃ！　わらわがたかが人間のマラなどに屈するわけがなかろう！」

なおもルクの手から逃れようと暴れながら、リマが声を上げる。

「確かにいつものチンポじゃちょっと頼りねえかもな。しょーがないからアタシが少し精液エネルギーを返してやるよ」

「むぐぐっ！」

イコが尻を落とし、俺の口元に自らの秘部を寄せる。

「おっ？　おおおっ？　うおおおぉ……おおおおぉぉぉっ……！」

唇にイコのクレヴァスが触れた瞬間、体内に驚くほどの活力が湧き出す。

大量に射精したことによる気だるい疲労感が吹き飛び、体が芯から熱くなる。

そしてその熱は股間に集中し、すでに勃起している肉棒をパンパンに膨張させる。

「あううっ……な、何じゃそのマラはっ……！　ふぅ、ふぅふぅ、何という大きさ——ンぐ、ゴクッ……♥　それに、カリも凶悪に張ってて……！」

「はうぅぅぅ……す、すごいですわ、先生のオチンポ……♥　監督官さまを犯していただく前に、少しだけつまみ食いしてしまいたいくらい……♥」

俺の剛直を目にしたリマとルクが生唾を飲み込み、ウットリとした声を上げる。

「おいおい、何言ってんだよ。このチンチンには監督をやっつけてもらわねえとヤバイだろ？　……まあ、気持ちは分かるけどよ」

イコが呆れたように言いながら、なおも俺の顔面に股間を押し付ける。

「ちゃんと気合入れてクンニしてくれよな。そうじゃねえときちんと精液エネルギーを返せねえぞ」

「うぐ……こ、こうか……？」

イコの牝穴が放つ淫らな匂いに酔ったようになりながら、俺は舌を動かし始める。

「はうッ、ンううッ、うくぅううッ……♥　そ、そう、それっ……！　そんな感じっ……うああッ、あはァあああァァ～ン♥」

イコの甘い悲鳴を聞きながら、俺は舌の動きを激しくしていく。

秘裂が分泌した大量の愛液が口元を濡らし、それとともに新たなエネルギーが体の中に流れ込んでくる。

「はぁあああぁっ……！　ま、まだ膨らむのかっ……？　はぁ、はぁ、はぁ……♥　しかし、ただデカいだけのマラに、わらわが負けることなど……」

「くすくす、ではそろそろ試していただきましょうか」

ルクがリマの体を軽々と持ち上げ、その膣口にそそり立つ肉棒の先端を当てる。

「うあああっ！　ま、ま、待てっ！　やめろおおっ！」

「こんなに膨らんだ先生のオチンポを味わうことができるなんて、うらやましいですわぁ……♥　えいっ！」

「はぐぅうううううううううううううッ！」

狭いリマの膣洞に、有り得ないほどに膨張した俺のイチモツが入り込む。

いたいけな外観の肉穴が無残なほどに広がり、結合部から溢れ出た淫蜜が俺の陰嚢を濡らす。

「ぐぐぐぐ……はぁーッ、はぁーッ、はぁーッ……！　ふ、フンっ……最初は驚いたが、見掛け倒しじゃな……所詮はただの人間のマラじゃっ……！」

「あら、そうですの？　その割には監督官様のお体、随分と汗をかいてますけどぉ……うふふふっ♥」

ルクがねっとりとした手付きでルクの肌を愛撫する。

「ふわわわわっ♥　よ、よせえっ！　ンく、ンんんんッ！　い、いま、体中が敏感なのじゃっ！　あぅううぅッ♥」

「へへへっ、ちょっと撫で回されただけでそんな声出すなんて、ざまあねえな！」

イコが嵩《かさ》にかかったような口調でリマに言う。

「な、何を勘違いしておるっ……！　ううッ、うァあああン♥　くすぐったいからやめろと言っておるのじゃっ！　べつに、これしきのことで感じてるわけでは――」

「おいおい、あんなこと言われてるぞ？　オマエのチンポに勝ち目あんのか？」

イコが俺の口にグリグリと肉の割れ目を押し付け、挑発する。

「うぐっ……上等だ。やってやるぜ！」

俺はイコの下の口に吸いつきつつ、ピストンを開始する。

「はぐッ、うぐッ、ンぐッ、ンはァあああッ♥　な、何じゃっ……何じゃこれくらいっ……ひぐぐぐ、うひィいいいン♥」

やや苦しげな喘ぎ声の合間に、リマが強がりを言う。

「た、ただ――ンあああッ♥　ただデカくてカタいマラでマンコをズコズコされたくらいでぇぇッ……！　わらわがちょっと腰を使えば、この程度のチンポなど返り討ちにしてみせるわっ！」

「確かにそうかもしれませんわね……。ですから、監督官さまに好きに動いていただくわけにはいきませんわ」

ルクがますますしっかりとリマの体を押さえ付ける。

「ンううううッ！　お、おッ、おのれえええッ……！　うはッ、うあぁッ、あはァあああン♥　たとえ腰が使えなくとも、少しマンコを締めてやればッ……！」

「うぐううぅぅッ！」

膣圧の上昇によって粘膜同士のこすれ合う快感が格段に高まり、俺はクンニを続けながら呻き声を上げてしまう。

「ああもうッ！　ちょっと反撃されたくらいで情けねー声出してんじゃねえよっ！　アタシがサポートしてやってんだからもっと頑張れってえっ！」

「もうっ、何がサポートですの？　先生にクンニしていただいてるだけではないですか！」

俺の体の上で、リマを挟んだ形でイコとルクが言い合いを始める。

「お前らいい加減にしろ！　ちゃんと協力しないとリマには勝てねえぞ！」

俺はイコの膣穴に唇を押し付け、ジュルジュルという下品極まりない音を立ててバキュームする。

「はぅうううううぅゥゥ〜ッ♥　ヤバイぃぃ〜ッ！　いひぃいいいイイイ〜ッ！　マンコが裏返るううううぅぅぅ〜ッ♥」

イコが高い声を張り上げ、その膣穴から濃厚な愛液が溢れ出る。

「うあッ、あはッ、ンはッ、はひぃいいいいン♥　い、い、イクッ！　こんなのイッちまううッ！　うあッ、あああン、クンニだけでイッちゃううぅ～ッ！」

むせ返るほどの淫臭を放つイコの秘部を介して、新たな活力が俺の体に逆流する。

俺はかつてないほどの昂揚感を覚えながら、凄まじい勢いでペニスをピストンさせる。

「あッあッあッあッあッあああぁァァァァァーッ！　やめろぉ～ッ！　やめるのじゃあぁ～ッ！　こわれるううッ！　チンポすご過ぎてマンコこわれるうゥゥゥーッ！」

今まで聞いたことのないような切羽詰まった声をリマが上げる。

「ふぅ、ふぅ、ふぅ♥　大丈夫ですわ、監督官さま。あなたのオマンコ、先生のオチンチンに蹂躙されてとっても喜んでますわよ♥」

ルクがリマに語りかけながら次第に息を荒くしていく。膝や太腿にムニムニとした感触が当たっているところを見ると、どうやら俺の足を使ってマンズリしているようだ。

「な、な、何が喜んでるじゃっ！　いい加減なコトを言うなあッ！　ああァ～ッ♥　ああァァ～ッ♥　あひィィィィ～ッ♥」

ルクに対するリマの反論が、尾を引く淫声に埋没していく。

「いッ、イクッ、イクッ、イクぅううッ！　うぐッ！　このままではイッてしまううッ！　うは、うはあぁン♥　無様に果ててしまううぅ～ッ！」

「あ、アタシもッ！　アタシももうすぐうッ！　うッ、ううッ、ンうううぅン♥　あ、あ、あとッ、あとチョットでええッ！　あああッ、あひィいいいィ～ン♥」

絶頂寸前のリマの声に、イコの叫びが覆い被さるように響く。

「はァ、はァ、はァ、オラッ――これでどうだっ！」

俺はイコの膣穴に舌を突っ込んでネロネロと動かしつつ、マンコ全体を思いきり吸引してやる。

「ンはァあああァァァ～ッ♥ イックぅううぅぅぅ～ッ！ うひ、うひッ、うひ、うひぃいいいッ♥ イクッ、イクううううゥゥゥ～ッ！」

イコの絶頂とともにさらなる力が股間に集中するのを感じつつ、俺は最後のスパートをかける。

「あッあッあッあッあッあああぁァァァーッ！ なッ、何じゃコレはァァァ～ッ！」

教室に響いているイコのアクメ声をかき消すように、リマが絶叫する。

「し、知らぬううッ！ こんなの知らぬううッ！ うッ、うはッ、ンはぁン♥ こんなのは初めてじゃああァァ～ッ！ ああッ、あああアアアッ、あはあァァァ～ン♥」

愛液でたっぷりと濡れたリマの膣壁が極限まで膨れ上がったイチモツと激しくこすれ合い、凄まじいまでの快楽を紡ぎ出す。

腰の奥から大量のザーメンが迫り上がり、尿道内に充填されていく。

「も、も、もうっ、もう限界じゃあッ！ あぐッ、うァあああァァァッ♥ これ以上されたら、マンコが本当にこわれてしまううぅぅ～ッ！」

「うぐぐ……こっちもそろそろ限界だ！　中に一発出してやるからありがたく思えよ！」

「な、な、ナカにいいいッ!?　ダメじゃッ！　ダメじゃああッ！　そんなことされたら絶対に果ててしまううッ！　子宮マンコが思いっきりイッてしまうううッ！　ううッ、うううッ、やめろ、やめろ、やめろおォ～ッ！」

「そこまで言われてやめる奴がいるかよっ！　オラッ、食らいやがれっ！」

どッぴゅぅうううううううううううううううううううゥウウーッ!!

「うあああァアアあああァアァーッ！　出てるうぅーッ！　出てるううぅぅーッ！　うあッ♥　うあああッ♥　ンはッ♥　うはァあああッ♥なッ、なッ、何というッ！　何という勢いィイいいいいイイイ～ッ！」

子宮に熱い精液の迸りを浴びながら、リマが絶頂を極める。

「イグううぅぅーッ！　イッグうううぅぅぅーッ！　うぐッ♥　うぐぐッ♥　ンぐぐ――ンあああァアァッ♥　あ、あ、あ、あああああァアァあああァア～ッ！」

肉壺が痙攣しながらイチモツを締め付け、結合部から飛び散ったイキ潮が俺の腹を濡らす。

「こ、こ、こんな、こんなイキかた初めてじゃあああァアァ～ッ！　あッ、あああああッ、あはッ、あはァあああッ♥　イグ、イグ、イッグッ！　ンぐぐぐぐッ――ンひ、ンひ、ンひッ、ひいいぃいッ、ひぐッ、イッグううううううぅぅぅぅ～ッ♥」

リマの全身がビクンビクンと跳ねるように痙攣し、その動きのあまりの激しさに射精途中の肉棒が抜けてしまう。

しかし俺の射精は止まらない。そそり立った肉棒から、ビュービューとまるで噴水のようにザーメンが迸る。自分でも呆れるほどの射精量だ。

「ンああッ♥　あはァあああン♥　かかってるうッ！　くっさいザーメンこっちにもかかってるうぅ～ッ♥　ンおッ、おおおッ、イグッ、イグうぅぅぅ～ッ♥」

イコが何度目かの絶頂に達し、舌に当たる愛液まみれの粘膜が生々しくおののく。

「はううぅッ♥　わたくしもッ！　わたくしもイキますわあッ！　あああぁン♥　何もしていただいてないのにイクなんてェエ～ッ！　うひィいいいいィィ～ン♥」

ムッチリとした尻を震わせながらルクもアクメし、俺の太腿から膝にかけてが熱い淫蜜に濡れる。

俺の肉棒はなおも精液を放ち続け、三人のサキュバスを白濁まみれにしていく。

「おッ♥　おおおぉぉッ♥　負けたッ……負けてしまったぁぁ……ッ♥　あああッ、あはァああッ……もうわらわは……このマラには逆らえないぃぃぃ……ひぐ……ひぐぐぐ……うぐううぅぅぅ……♥」

リマが、何かから解放されたような表情で声を上げている。

「ふう、ふう、ふう……い、今の言葉……嘘じゃねえな、リマ……！」

「今の言葉というのは……わ、わらわがお主のチンポに屈服してしまった件か……？」

俺の問いを聞き返すリマの小さな体に、ゾクゾクッと震えが走る。

「いまいましいが、その通りじゃ……はふ、ンふぅ……♥　サキュバスにとって、自分の発した言葉は強い制約の魔力を持つ……つまりわらわはもう、お主の言いなりというわけじゃ……どうじゃ、満足か？」

「ああ、これ以上ないくらいに満足しているぜ。何しろイコやルクだけじゃなくて、お前まで俺のモノにすることができたんだからな」

「お、お、お主のモノじゃと……？　何を言うか、この——この、馬鹿者ぉぉ……♥　おッ、おおおッ、おほッ♥　イク、イクッ、イックうううぅぅぅぅ……ッ♥」

リマが俺の腰の上でアクメをぶり返させる。

「あらあら、先生のお言葉だけでイッってしまうなんて、監督官さまったらとんでもない軟弱マンコですのねぇ～♥」

「へへへッ、コイツの女としては監督はアタシたちの後輩だからな。先輩にはそれなりの態度を取れよな！」

「はぁ……はぁ……はぁ……はぁ……♥」

好き放題に言うイコとルクに反論すらできないまま、リマはただウットリとした表情で甘い吐息をついていた……。

リマが俺のペニスに屈したことにより、全裸魔女団《ストリークウィッチーズ》の陰謀は完全に潰《つい》えてしまった。

サキュバス国と人間社会の双方を裏から支配しようという壮大な目論見は、全て水の泡となってしまったのである。

この件が明るみになったとき、サキュバス国は俺に対して考えられる限り最大の感謝の意を示した。

そんな俺が取りなしてやらなかったら、リマは哀れにも処刑されていたかもしれない。少なくとも今頃は牢屋にブチ込まれていただろう。

しかし俺はそんなことは望まなかった。ようやくモノにした女だ。手元に置きたくなるのは当たり前である。

それはそれとして、この国とサキュバス国の関係はますます良好になった。

事が事だけに表沙汰にはならなかったが、サキュバスたちに国民の性欲が亢進《こうしん》させられたことにより、日本の少子化のほうも緩やかに解決しつつあるようだ。

一方、落第サキュバスの留学事業はますます拡大した。

ここ誠寛学園はそのための専属機関となり、常に制服姿のサキュバスが何人も闊歩《かっぽ》するという、ある意味で夢のような場所となった。

そして俺は、サキュバス国の後押しにより誠寛学園の学園長に就任した。

サキュバス留学生の受入機関のリーダーとして、俺以上の適任はいないというのが、両国の一致した見解だったのである。

もちろん学園長である俺がサキュバス留学生たちに魅了されでもしたら話にならない。

俺はサキュバス国の魔法使いたちにより、サキュバスの魔力に対する耐性を付与された。

当然ながらブルーベルはその力が危険視されて封印された。しかしそんな物がなくとも、俺はサキュバスと対等に渡り合うことができるようになったのである。

そういうわけで俺は、今日も今日とて学園長としての務めを果たすのだった……。

あとがき　巽ヒロヲ

『イクイク★サキュバス再教育』ノベライズ担当の巽ヒロヲです。なお、本作については原作ゲームの企画とシナリオもやらせていただいております。

実はこのたび、自分が関わったゲームのノベライズを初めて担当いたしました。というか、自分の書いた文章を商業出版していただくこと自体が初体験であります。機会をくださった上、ショタを精通させるお姉さんのように優しくリードしてくださったパラダイム出版の編集Ｙ様、本当にありがとうございました。

また、原作ゲームを形にしてくださったＤＷＡＲＦＳＯＦＴ様や、キュートかつ肉感的なイラストを描いてくださったすめらぎ琥珀先生、ヒロイン三人に命を吹き込んでくださった高梨はなみ様、あかしゆき様、御苑生メイ様にも、この場を借りて改めてお礼申し上げます。

そして何よりも、原作ゲームを楽しんでくださったユーザー様や、この小説を手に取ってくださった読者様に、最大限の感謝を捧げたいと思います。皆様のスケベ心の琴線のどこかに触れることができたなら、これに勝る喜びはありません。

またどこかでお会いできれば嬉しいです。

ぷちぱら文庫

イクイク★サキュバス再教育《さいきょういく》
～落第淫魔《らくだいいんま》の交姦留学日誌《こうかんりゅうがくにっし》～

2021年 9月 10日　初版第1刷 発行

■著　　者　巽ヒロヲ
■イラスト　すめらぎ琥珀
■原　　作　DWARFSOFT

発行人：久保田裕
発行元：株式会社パラダイム
〒166-0004
東京都杉並区阿佐谷南1-36-4
三幸ビル4A
TEL 03-5306-6921
印刷所：中央精版印刷株式会社

PP404

既刊案内
ぷちぱら文庫 329
著 男爵平野
画 Sian
原作 DWARFSOFT
定価 730円+税
ムチムチデカパイ
マラ喰い魔王様と
おんぼろ四畳半同棲生活
ブラック社畜童貞の安アパートに
異界の極上爆乳美女が現れた!
好評発売中!